光文社文庫

長編時代小説

決着

吉原裏同心⑭

決定版

佐伯泰英

KOBUNSHA

光 文 社

目次

新吉原廓内図

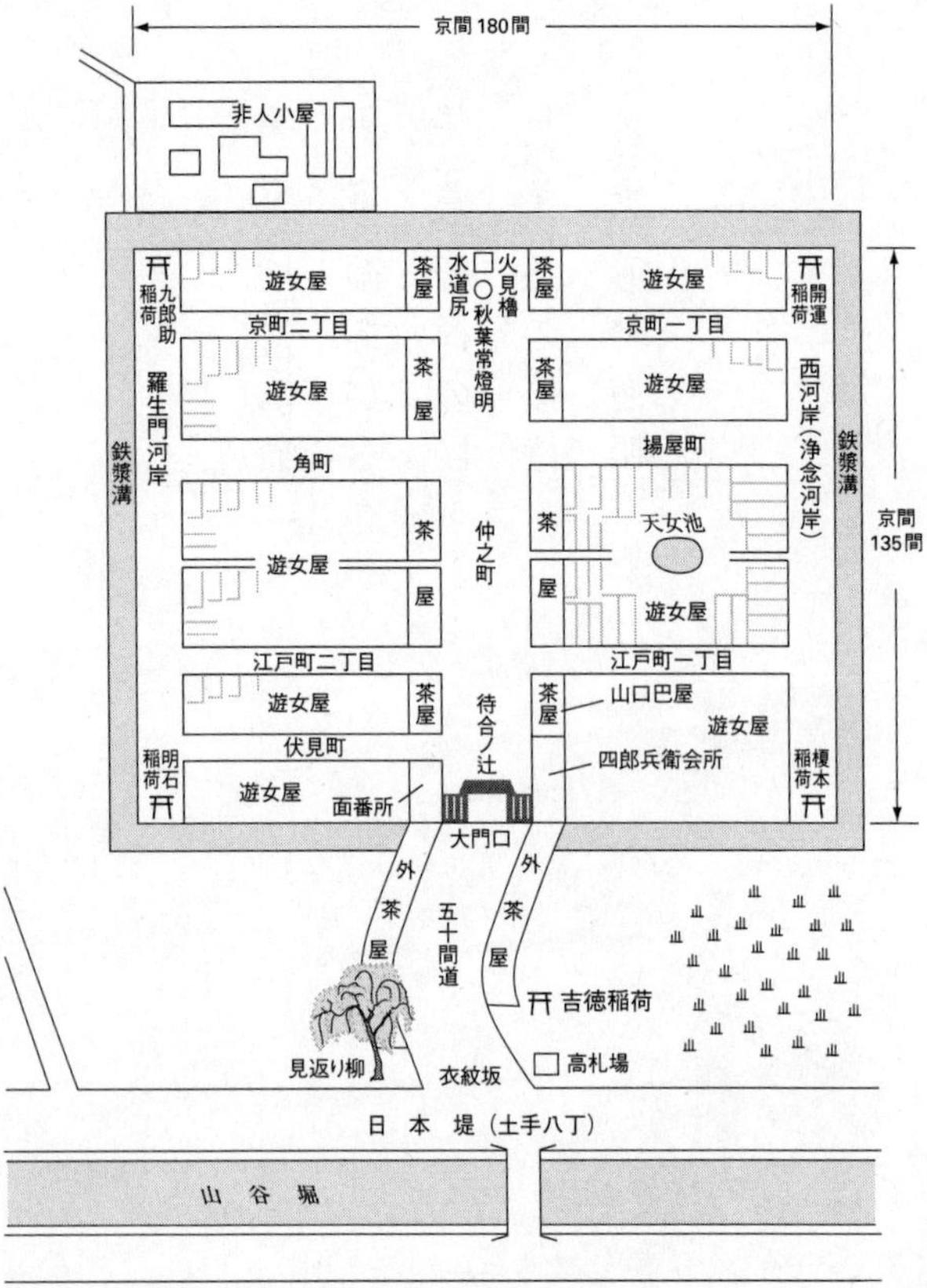
京間180間
非人小屋
九郎助稲荷
遊女屋
茶屋
水道尻
火見櫓
秋葉常燈明
開運稲荷
京町二丁目
京町一丁目
羅生門河岸
西河岸（浄念河岸）
鉄漿溝
揚屋町
角町
仲之町
天女池
京間135間
江戸町二丁目
江戸町一丁目
待合ノ辻
山口巴屋
四郎兵衛会所
伏見町
明石稲荷
榎本稲荷
面番所
大門口
外茶屋
五十間道
吉徳稲荷
高札場
見返り柳
衣紋坂
日本堤（土手八丁）
山谷堀

北
東
南
西
鐘ヶ淵
千住大橋
荒川
隅田村
三河島
田端
日暮里
千住道
小塚原
隅田川
寺島村
駒込
谷中
日本堤
金杉上町
新吉原
今戸町
千駄木
白山
下谷
鷲神社
山谷堀
今戸橋
浅草寺
小梅村
東叡山寛永寺
根津権現
御薬園
小石川
本郷
中堂
幡随院
広徳寺
阿部川町
東本願寺
浅草花川戸町
吾妻橋
伝通院
不忍池
新堀川
田原町
竹町ノ渡し
三間町
菊坂町
池之端仲町
下谷広小路
御徒町
並木町
駒形堂
湯島天神
蔵前
水戸徳川家
春日町
北割下
牛込
森田町
御米蔵
石原町
神田明神
神田川
外神田
向柳原
牛込御門
小石川御門
水道橋
天王町
浅草橋
柳橋
御竹蔵
神楽坂
南割下水
昌平橋
筋違御門
和泉橋
柳原土手
両国広小路
本所
番町
田安御門
俎板橋
雉子橋御門
一ツ橋御門
内神田
馬喰町
両国橋
回向院
市谷
清水御門
神田橋御門
竪川
市谷御門
小伝馬町
今川橋
日本橋
新大橋
常盤橋御門
北町奉行所
室町
小名木川
麹町
江戸城
江戸橋
仙台堀
深川
半蔵御門
呉服橋御門
南茅場町
西之御丸
日本橋
材木町
南町奉行所
永代橋
組屋敷
八丁堀
鍛冶橋御門
京橋
富岡八幡宮
霊岸島
桜田御門
永田町
赤坂御門
数寄屋橋御門
西本願寺
石川島
越中島
山王日枝神社
新橋
築地
佃島
溜池
幸橋御門
汐留橋

『決着』主な登場人物

神守幹次郎……豊後岡藩の馬廻り役だったが、幼馴染で納戸頭の妻になった汀女とともに逐電の後、江戸へ。吉原会所の七代目頭取・四郎兵衛と出会い、剣の腕と人柄を見込まれ、「吉原裏同心」となる。薩摩示現流と眼志流居合の遣い手。

汀女……幹次郎の妻女。豊後岡藩の納戸頭との理不尽な婚姻に苦しんでいたが、幹次郎と逐電、長い流浪の末、吉原へ流れつく。遊女たちの手習いの師匠を務め、また浅草の料理茶屋「山口巴屋」の商いを手伝っている。

四郎兵衛……吉原会所の七代目頭取。吉原の奉行ともいうべき存在で、江戸幕府の許しを得た「御免色里」を司っている。幹次郎と汀女を吉原に迎え入れた後見役。

仙右衛門……吉原会所の番方。四郎兵衛の右腕であり、幹次郎の信頼する友。

玉藻……四郎兵衛の娘。仲之町の引手茶屋「山口巴屋」の女将。

三浦屋四郎左衛門……大見世・三浦屋の楼主。吉原五丁町の総名主にして四郎兵衛の盟友であり、ともに吉原を支える。

薄墨太夫……吉原で人気絶頂、大見世・三浦屋の花魁。吉原炎上の際に幹次郎に助け出され、その後、幹次郎のことを思い続けている。幹次郎の妻・汀女とは姉妹のように親しい。

身代わりの左吉……罪を犯した者の身代わりで牢に入る稼業を生業とする。裏社会に顔の利く幹次郎の友。

村崎季光……南町奉行所隠密廻り同心。吉原にある面番所に詰めている。

足田甚吉……豊後岡藩の長屋で幹次郎や汀女と一緒に育った幼馴染。岡藩の中間を辞したあと、吉原に身を寄せ、料理茶屋「山口巴屋」で働いている。

柴田相庵……浅草山谷町にある診療所の医者。お芳の父親ともいえる存在。

お芳……柴田相庵の診療所の助手。仙右衛門とは幼馴染の間柄。

おりょう……吉原に出入りする女髪結。幹次郎と汀女の住まう左兵衛長屋の住人。

伊勢亀半右衛門……浅草蔵前の札差を束ねる筆頭行司。分限者にして粋人として知られる、薄墨太夫の馴染客。

松平定信……老中首座。吉原とは時に協力する間柄。幹次郎と汀女に信頼を寄せる。

決着——吉原裏同心（14）

第一章　切見世《きりみせ》の猫

一

江戸は梅雨《つゆ》の季節を迎えていた。じとじとと降る長梅雨だった。夜具《やぐ》は湿《しめ》り、衣類を着替えてもどれもじっとりとして気色《きしょく》が悪かった。

吉原でも梅雨の季節は一段と客足が落ちた。

雨の中、大門《おおもん》前まで駕籠《かご》を乗りつけたとしてもその先はぬかるんだ仲之町《なかのちょう》が待ち受けていた。吉原《よしわら》の一大行事、馴染《なじみ》の上客を引手茶屋《ひきてぢゃや》まで迎えに出る花魁道《おいらんどう》中《ちゅう》を行う術《すべ》もなく、大籬《おおまがき》（大見世《おおみせ》）の太夫《たゆう》もせいぜい文《ふみ》を書いて客に届ける程度のことしか、客を呼ぶ手はなかった。

昼見世《ひるみせ》が始まっても素見《ひやかし》さえまばらな吉原だった。

「ああ、なんだかむしゃくしゃするね。体じゅうにカビが生《は》えたようだよ」

と揚屋町《あげやちょう》の妓楼《ぎろう》一ノ矢《いちのや》の張見世《はりみせ》の格子に縋《すが》って雨の通りを見ていた遊女の口から呟《つぶや》きが漏《も》れた。するとその声に、

「春駒姐《はるこまねえ》さんの肌にカビが生えているのは今に始まったことではありませんよ」

と若い嘉女《よしじょ》が思わず口にして、

「なんだって、先輩女郎に向かって利《き》く口かえ、嘉女、ちいとのぼせ上がってるんじゃないかえ」

と春駒が煙管《キセル》を構えて殴りかかろうとした。

「落ち着きなされ、ふたりとも」

一ノ矢の稼ぎ頭《がしら》のお初《はつ》がふたりをたしなめた。

「仲間同士が諍《いさか》いをしたとて、この雨は上がりませぬ」

「お初様、お見苦しいところを見せました。許してくだされ」

春駒がお初に詫《わ》びたが、若い嘉女は素知らぬ素振りだった。そんな小さな諍いがあちらでもこちらでも起こっていた。

汀女《ていじょ》は吉原会所《かいしょ》の七代目頭取《とうどり》の四郎兵衛《しろべえ》や妓楼の主《あるじ》らに頼まれて、昼見世と夜見世《よみせ》の、わずかな時間を利用して遊女たちを集めて、茶の湯や俳諧《はいかい》、ときに香

合わせの集まりを催して、鬱々《うつうつ》とした気分を変えようと試みていた。むろん汀女の妹分を自任する薄墨太夫《うすずみだゆう》が手伝い、あれこれと遊女たちの気分を解きほぐそうとした。

だが、長雨に閉ざされた吉原の雰囲気を変えるまでにはいかなかった。いや、汀女が催す集まりに出てくる遊女たちは一部の者だし、出てこない遊女たちは、

「お足《あし》にもならない俳諧の会に出て、どうしようと言うんだえ」

とか、

「太夫衆はお気楽でいいね、うちら小見世《こみせ》（総半籬《そうはんまがき》）の冷や飯食いにはそんな余裕はござんせんよ」

と言い放って自らの暮らしを変えようとしなかった。

今ひとつ、吉原会所の四郎兵衛らには気がかりなことがあった。

吉原を支える上得意の浅草御蔵前通り《あさくさおくらまえどお》の札差株仲間百九株が筆頭行司《ふださしひっとうぎょうじ》伊勢亀《いせき》半右衛門《はんえもん》派と、それを武力や資金力を使っても倒そうという新興勢力の香取屋武七《かとりやたけしち》一派に分かれて、互いが監視し合い、対立し、いがみ合っているために吉原で遊ぼうという札差の主がいなくなるのではということだった。しかし、事ここに及んでは、遊びよりも店の大事に目を向けるべきときが来ていた。

江戸の豪商の中でも札旦那《ふだだんな》と呼ばれる旗本《はたもと》・御家人《ごけにん》の禄米《ろくまい》を担保にして、ぎゅっとその首根っこを摑《つか》んでいる札差は、吉原の上得意中の上得意だった。

その札差を代表する通人が十八大通《じゅうはちだいつう》と呼ばれる遊び人だった。

暁雨《ぎょうう》と呼ばれる大口屋治兵衛《おおぐちやじへえ》、利倉屋庄左衛門《としくらやしょうざえもん》、金翠《きんすい》こと大口屋八兵衛《はちべえ》、珉里《みんり》こと伊勢屋宗三郎《いせやそうざぶろう》、祇蘭《ぎらん》こと下野屋十右衛門《しもつけやじゅうえもん》、景舎《けいしゃ》こと近江屋佐平次《おうみやさへいじ》、むだ十《じゅう》こと下野屋十兵衛《じゅうべえ》、百亀《ひやっき》こと伊勢屋喜太郎《きたろう》、有游《うゆう》こと笠倉屋平十郎《かさくらやへいじゅうろう》、全吏《ぜんり》こと伊勢屋宗四郎《そうしろう》、じゅんしこと大内屋市兵衛《おおうちやいちべえ》らが十八大通に列《れつ》していた。

これらの十八大通らは自らの遊びに没頭するあまり、足元の御蔵前でなにが起こっているか、あまり気にもかけない面々でもあった。

大口屋治兵衛らは商いを番頭《ばんとう》らにまかせて遊びにうつつを抜かして、香取屋の勃興《ぼっこう》が江戸の経済や自分たちの商いにどのような影響を与えるか考えもしないできた。

とはいえ香取屋武七一派の誘いかけは十八大通にも及んだ。

両派が血で血を洗う闘争に移り、駒込勝林寺《こまごめしょうりんじ》での香取屋一派の集まりに寺社《じしゃ》奉行《ぶぎょう》と大目付《おおめつけ》の手が入り、それを予期していた香取屋一派の六十二人は捕方《とりかた》の手を逃れて逃げのび、御蔵前に戻っていた。

劣勢《れっせい》に立たされていた伊勢亀派の反撃が始まり、香取屋に与《くみ》した六十二人の切り崩しが始まった。すると香取屋一派は新たな武装集団の寛政刷新組《かんせいさっしんぐみ》を組織して、伊勢亀派の商いの邪魔や、ときには伊勢亀派の面々を襲うという無法《むほう》に出て、ふたたび、

「血の闘争」

が始まろうとしていた。

吉原の自治と権益《けんえき》を守る吉原会所の七代目頭取四郎兵衛は、札差百九株の内紛《ないふん》を当初静観していた。だが、香取屋武七一派の背後に今は亡き田沼意次《たぬまおきつぐ》が生存中に打った布石《ふせき》があると見たとき、伊勢亀派との共闘を宣告し、伊勢亀半右衛門を助けることにした。

駒込勝林寺での香取屋一派の最後の集まりからひと月が過ぎるまでは、札差株仲間を二分した戦いは表立った動きを見せず、暗闘に終始していた。

そんな中、伊勢亀派の札差にして十八大通のひとりの、珉里こと伊勢屋宗三郎の番頭岩蔵《いわぞう》が掛取《かけと》りの帰りに寛政刷新組の暗殺団に襲われて命を落とした。

当初、番頭の岩蔵は物盗《ものと》りに襲われたと推測《すいそく》されていたが、偶然にも殺しの現場を見ていたおこもが、

「伊勢屋番頭岩蔵、寛政刷新組の報いを受けよ」

と一団の者が声をかけて殺害したのを聞いていた。

雨を避けて軒下《のきした》の暗がりに菰《こも》を被《かぶ》って寝ていたおこもは、無法が行われたあと、刃《やいば》を受けた岩蔵がまだ生きていることを知った。

「し、しっかりしなせえ」

おこもが声をかけると岩蔵が最後の力を振り絞《しぼ》り、

「あ、浅草御蔵前伊勢屋宗三郎方に、い、岩蔵は駒込の集《つど》い一派にやられたと知らせてくだされ」

と願って息を引き取った。

おこもは一日ばかり迷ったあと、弔《とむら》いの行われている御蔵前の伊勢屋宗三郎方を訪ねて、経緯《いきさつ》を話したのだ。

主の伊勢屋宗三郎は突然降りかかってきた災難に驚愕《きょうがく》して、十八大通の仲間のひとり、従兄弟《いとこ》の百亀こと伊勢屋喜太郎に相談した。百亀は己の考えでは始末がつけられぬと、仲間の大口屋治兵衛らにこの一件を打ち明けた。

十八大通にとって遊びが命と、御蔵前でなにが起こっているかに目を瞑《つむ》ってきたものが、突然仲間の身に災難《さいなん》が降りかかってきたことでついに動き出した。そこで十八大通の会合の場を、御蔵前の店《たな》ではなく一見遊びを装って、町の外の店場に設《しつら》えることにした。

浅草寺《せんそうじ》門前並木町《なみきちょう》の料理茶屋山口巴屋《やまぐちともえや》に神守《かみもり》汀女を招き、俳諧の会を装った集まりが十八大通の、初めての相談の場になった。

札差の旦那というより宗匠《そうしょう》の形《なり》をした十八大通の面々が料理茶屋の一階の奥座敷に集まったのは、伊勢屋宗三郎の番頭岩蔵の弔いが行われた二日後のことだ。

長雨が続く日、俳諧の会に装われた催しは最初から重苦しい雰囲気で始まった。

汀女がその場にあったのは最初だけで、すぐに帳場《ちょうば》に引き下がった。すると
そこには亭主の神守幹次郎《みきじろう》と会所の番方《ばんかた》の仙右衛門《せんえもん》が待機《たいき》していた。

外は相変わらずじとじととした雨が降っていた。

「汀女先生、ご苦労にございました」

と仙右衛門が労《ねぎら》った。

「番方、暁雨様方はふだんの洒脱《しゃだつ》な顔をかなぐり捨てて険《けわ》しい顔をしておられます」

汀女がその場の雰囲気を報告した。

「それはそうでしょうよ。商いを番頭にまかせて遊び回っていたツケが回ってき

たんです。自分たちとは無縁《むえん》と思うていた災いが、突如伊勢屋さんの番頭の死というかたちで降りかかってきた」

仙右衛門が苦々しく言った。

吉原会所の番方にとって十八大通は上得意でもあり、いささか困った存在でもあった。

吉原にとって、無理のない遊びをなす客が文句のつけようのない客だ。

十八大通の旦那衆のように商いを顧《かえり》みず、金に飽《あ》かしての遊興は長続きしないことを吉原はとくと承知していた。むこうみずな遊びが行きづまったとき、吉原には莫大《ばくだい》な遊び代のツケが残る、それを長年の経験で分かっていた。

「番方、十八大通の旦那方の色分けはどうなってますので」

と幹次郎が尋ねた。

「へえ、暁雨さん方六人が伊勢亀派、残る五人が香取屋武七一派の誘いに乗って、これまで勝林寺の集まりに番頭を行かせていましてな、まあ半々だ」

と応じた仙右衛門が、

「いくらなんでも本業を揺るがす騒ぎをこれまで知らず、遊び呆《ほう》けていたなんてどうかしていますよ。札差も何代目にもなると、この体《てい》たらくでございますかね」

と吐き捨てた。

「番方、そう言わないで。この節、どんな集まりでもうちを使っていただくのは助かるのよ。ともかくこれまでうちのような新参の料理茶屋なんて十八大通の旦那衆は見向きもしなかったもの」

と茶を運んできた玉藻《たまも》が仙右衛門に言った。

「へえ、それはそうでございましょうがな。自分たちの尻に火がついたからって、急にこちらで集いを催し、五七五の先生に汀女様をかたちばかり呼ぶなんて、とってつけたようですぜ」

番方は、十八大通のめちゃくちゃな遊びぶりを承知しているだけに苦々しく吐き捨てた。

「さて、通人の旦那方はどのような結論を出されますかな」

「神守様、あの方々は浮世《うきよ》離れしていまさあ。使う金は承知でも商いがどうなっているか、金蔵《かねぐら》にいくら金子《きんす》が残っているかご存じございますまい。十八大通のひとり、珉里こと伊勢屋宗三郎の番頭岩蔵さんが犠牲になって、香取屋一派を恐れて与するか、あるいは伊勢亀派へ旗幟《きし》鮮明《せんめい》にするか、あるいはひとつにまとまらないか。ともかくこたびの騒ぎで旦那衆自ら態度をはっきりとさせることが余《よ》儀《ぎ》なくされたのでございますよ。簡単にはいきますまい」

仙右衛門が推測した。

幹次郎らはなにが起こっても対応ができるように、四郎兵衛の命《めい》で料理茶屋の山口巴屋に詰めていた。

男衆《おとこし》が姿を見せて、玉藻が座敷に呼ばれた。だが、すぐに戻ってきて、

「汀女先生、お呼びにございます」

と言った。

「おや、あっさりと決まったものだぜ。これで俳諧の会を始めるつもりかね。となると十八大通の旦那方の性根《しようね》もとことん腐《くさ》り切っているということになる」

「番方と神守様もご一緒に座敷に呼ばれております」

玉藻の言葉に、

「ほう、わっしらがこちらに待機していることを暁雨様方、承知でしたか」

仙右衛門が首を捻《ひね》った。

「いえ、場があまりにも険しいゆえ、つい私がお節介を」

「玉藻様がお節介を」

と汀女が訊《き》いた。

「はい。帳場に汀女先生の亭主どのと会所の番方が控えておりますと私が漏らしてしまったのです。そしたら、暁雨様方が、ならばおふたりもこの場に呼ぼうと申されました」

「それで分かった」

と頷《うなず》いた仙右衛門が、

「神守様、汀女先生の助っ人にはなれそうにもねえが、お供《とも》を致しますか」

と幹次郎を見た。

「お役に立てればよいが」

汀女を先頭に仙右衛門、幹次郎が山口巴屋の一階奥座敷に入ると、十八大通の集まりとは想像もつかない険悪《けんあく》な空気が漂《ただよ》い、酒も膳《ぜん》も出ていなかった。

「お呼びにございますか」

「汀女先生をだしにして申し訳ございません。本日はいささか深刻な相談がございましてな。こちらにおふたりがおられたのは勿怪《もっけ》の幸いにございました」

暁雨こと大口屋治兵衛が困惑の体《てい》で言い出した。

「わっしらに相談ですかね」

と仙右衛門が応じた。

「いえね、番方、なぜこの場に吉原会所の番方と裏同心どのを呼ぶのだ、と申されるお方もございます」

「当然なことにございますな。御蔵前の札差の旦那衆と吉原会所はつかず離れずの交わりにございますが、人それぞれの考えがございますからな」

「番方、伊勢屋宗三郎さん方の岩蔵さんが無法に殺された一件の真相はなんでございますな」

大口屋暁雨が仙右衛門にいきなり訊いた。

「伊勢屋の番頭の岩蔵さんは月一度催される夜参《よまい》りの集まりに出ておられた、そうでしたな、伊勢屋の旦那」

と番方に問われた珉里こと伊勢屋宗三郎が、

「はっ、はい」

と頷いた。

「じゃが、岩蔵さんにいささか考えることがあったか、その集いに出るのをやめようと決心なされた。ために……」

「番頭の岩蔵さんが殺されたと申されるか」

「いかにもさようです」

仙右衛門の返答に十八大通の何人かが悲鳴を上げた。

「岩蔵さんの迷いを旦那は承知でございましたか」

仙右衛門が訊くと宗三郎が大きく顔を横に振って否定した。しばらくの沈黙のあと、

「御蔵前を揺るがす騒ぎが私どもと無縁でないことに今気づかされた次第でな、吉原会所の番方、正直どう考えてよいか分からないのでございますよ」

「暁雨さん、珉里さんの、いや、伊勢屋の番頭さんがまるで月参りを主宰《しゅさい》する一派の手の者に殺されたと決めつけているようではありませんか」

じゅんしこと大内屋市兵衛が暁雨に文句をつけた。

座を息苦しいほどの緊張が支配した。

「暁雨様、私は下がってようございますな」

と汀女が暁雨に願った。

「どうしたものか」

と暁雨が首を傾《かし》げた。

「大口屋の旦那、この集いはあくまで俳諧の会を押し通したほうがよくはござい

ませんかな。汀女先生は本日呼ばれた宗匠だ、最後までこの場におられたほうがあとあと話を合わせるのに都合がようございませんか」

と番方が助け船を出した。

「いかにもさようでした」

と応じる暁雨こと大口屋治兵衛に仙右衛門が、

「大口屋の旦那、ご一統《いっとう》様、吉原会所が札差百九株の筆頭行司伊勢亀半右衛門様と親しいことは承知にございましょうな」

と会所の事情をはっきりさせた。

「私は、それゆえこの場に会所の用心棒なんぞ呼ぶのは反対だったのでございますよ。暁雨さん、これで私たちが伊勢亀派と香取屋一派の争いに巻き込まれ、怪《け》我《が》でもするようなことになったらどうするのです」

景舎こと近江屋佐平次の血相《けっそう》が変わっていた。

「景舎さん、まだそなたはわれらが立たされている状況を理解しておられぬようだ。伊勢屋宗三郎さん方の番頭がすでにひとり殺されておるのですぞ。もはやわれら全員が伊勢亀派と香取屋一派の争いに巻き込まれておるのです。この争いからだれも逃れることも目を背《そむ》けることもできないのです」

「いかにも暁雨さんの申されることが正しい」

岩蔵の主だった伊勢屋宗三郎が言い、それに六、七人の面々が首肯《しゆこう》した。

「景舎さん、私どもはただ今御蔵前でなにが起こっているか、それを知ることが大事ではございませんか」

と暁雨が景舎に言った。

「吉原会所は伊勢亀の半右衛門様と親しいと言われたではないか。伊勢亀派の主張ばかり聞いて、真実が分かろうか」

「景舎さん、会所の話を聞いてわれらが偏《かたよ》っていると感じたならば、香取屋一派を呼んで話を聞けばよいことです。もっともこの一件、香取屋一派が岩蔵さんを始末したという前提に立つならば、あちらの主張ははっきりしているように思えるが」

と暁雨が言い、

「まず会所の考えを聞こう」

という意見が続出した。

暁雨が番方の仙右衛門を見て、頷いた。

「ご一統様、吉原会所はなにも好き好んで御蔵前の騒ぎに首を突っ込んだわけではございません」

　仙右衛門が改めて吉原会所の立場を告げた。

「ならばどうしてあれこれと承知ですので」

「へえ、近江屋の旦那、きっかけは伊勢亀の半右衛門様が薄墨太夫を川遊びに事寄せて吉原の外に連れ出され、その際にこちらにおられる神守様夫婦の同行を願われたことにございますよ」

「伊勢亀半右衛門様がな、そりゃまたどうして」

「半右衛門様は御蔵前の札差株仲間百九株が金の力ばかりか暴力で脅かされていることに危惧《きぐ》を抱《いだ》きなされたのでございますよ」

「それは香取屋武七さんのことを指しておるのですな」

むだ十こと下野屋十兵衛が仙右衛門に念を押した。

「むだ十、そう決めつけては話にならぬ」

　近江屋佐平次が文句をつけた。

「下野屋様、近江屋様、わっしの話を最後まで聞いてはくれませんか。その上で疑わしいことはなんでも訊いてくだされ。わっしらが承知のことはすべてお答えします」

と仙右衛門が十八大通の面々に願った。

「そう致しましょうぞ」

と暁雨が一座を諭《さと》して、ふたたび話の主導権を仙右衛門が取った。

「わっしらが自ら調べたことゆえ、間違いねえと請《う》け合えることがいくつかございます。香取屋武七さんの出自《しゅつじ》だ」

「香取屋さんの出自ですと、それがこたびの騒ぎとどう関わるのです。馬鹿馬鹿しい」

一座のひとりが雨音に抗《こう》するように大声で叫んで、座が凍《い》てついた。

二

「大番組番士《おおばんぐみばんし》黒澤定紀《くろさわさだのり》様の嫡男《ちゃくなん》黒澤金之丞《きんのじょう》が香取屋武七さんの本名にございます。この金之丞の妹が亡き田沼意次様の二番目の奥方様」

番方の仙右衛門が静かな声でその場に告げた。凍てついていた空気が一瞬解けて新たな緊張に見舞われた。

「死んだ田沼様の関わりの者じゃと」

と暁雨がこのことをどう考えてよいか分からぬという体で呟いた。座の何人かは思い当たることがあるのか、顔を青ざめさせた。

「香取屋武七さんは一派の面々を田沼意次様の菩提《ぼだい》寺駒込の勝林寺に月に一度、田沼様の月命日に集めて結束と忠誠《ちゅうせい》を確かめてこられた。岩蔵さんが出ておられた夜参りとはこのことです」

「番方、結束と忠誠とはなんのことですね、死んだ田沼様がなにをしようというのですね」

「そこですよ、大口屋の旦那」

仙右衛門が暁雨に返事をすると一座を見回した。するとその視線を受け止められずに下を向く十八大通もいた。

「ここにおられる何人かの旦那衆の番頭さんが、岩蔵さんと同じく勝林寺の夜参りに参加しておられるはずだ。答えていただくのがよかろうと思うが、おそらく旦那衆はそのような場に出たことはございますまい。番頭さんまかせでな」

何人かが、がくがくと頷いた。

「ならばわっしらの推測を披露《ひろう》するしかない。権勢《けんせい》を振るった田沼様の凋落《ちょうらく》のきっかけは倅《せがれ》の若年寄意知《わかどしよりおきとも》様が城中で旗本佐野善左衛門《さのぜんざえもん》様に刺されたことが因《もと》にございましたな。この騒ぎ以前から田沼意次様は、自らの死後のことを考えられたか、布石を打たれた」

「布石じゃと」

「はい。わっしらが知る布石のひとつが黒澤金之丞を御蔵前に入れたことだ」

「香取屋は伊勢半の株を買ってわれらの仲間に入ってきたのだったな」

「暁雨さん、いかにもさようです」

とむだ十が応じた。

「武家上がりにようも札差稼業《かぎょう》ができたものじゃな」

遊びにうつつを抜かす十八大通の利倉屋庄左衛門が無責任にも言った。

「伊勢半の番頭の次蔵《つぎぞう》が香取屋の大番頭に住み替えたんですよ。おそらく次蔵は伊勢半から香取屋に名義替えする以前から香取屋と組んできたんでございましょうな。香取屋武七は次蔵を商いの表に立てながら、札差稼業を学び、百九株の札差株仲間の実権を伊勢亀の旦那から奪うことを画策《かくさく》してきた。田沼意次様の月命日に駒込勝林寺に香取屋一派の札差を集めるのもそのため」

「番方、待った。わたしゃ、そのようなことを承知して番頭に駒込勝林寺に行くのを許していたわけではございませんよ」

全吏こと伊勢屋宗四郎が言った。

「全吏さん、私もや」

有游こと笠倉屋平十郎が追随《ついずい》した。その他にも一人ふたりが困った顔を見せた。

「わっしらがひと月前の月命日で見た香取屋一派の人数は六十二人でした」

「なにっ、百九株のうち、六十二株がすでに香取屋一派か」

と暁雨こと大口屋治兵衛が呻《うめ》いた。

「だから、暁雨さん、私はそんな集いなどとは知らず番頭の岩蔵に駒込勝林寺の夜参りを許していたんですよ」

と珉里こと伊勢屋宗三郎が言い出し、何人かが頷いた。

座を重い沈黙が支配した。

「われら、いささか遊びにうつつを抜かしておりましたかな」

と大口屋治兵衛が後悔の言葉を吐き、

「次蔵はどうしておる。伊勢半の番頭から香取屋に鞍替《くらが》えしたのであれば少なくとも御蔵前の商いの作法は承知のはず、問い質《ただ》したいもので」

とだれにとなく訊いた。

「暁雨さん、次蔵は死んだと聞きました。なにやらえらい寂《さび》しい弔いが行われたとか」

仲間のひとりが言い、暁雨の両目が見開かれ、番方と幹次郎を見た。

「次蔵さんが死んだのはたしかにございます。われらふたりの前で香取屋一派に槍で殺され、口を塞《ふさ》がれました。そして、今、岩蔵さんが犠牲になった。われら吉原会所は蔵前の暗闘に巻き込まれ、すでにのっぴきならない羽目に陥《おちい》っております」

と仙右衛門が答え、なんと、と暁雨が呟き、座をふたたび沈黙が覆《おお》った。

いつ果てるともしれぬ長い沈黙のあと、暁雨が覚《さ》めた口調で言い出した。

「さて、われら十八大通は、集まりの中で話すは商《あきない》のことのみ、政《まつりごと》にまつわることは決して口にせず仲間に立場を強要してきたことはなかった。ですが、われらが知らず知らずのうちに武家上がりの商人《あきんど》に御蔵前を乗っ取られ、仲間の番頭が殺されたことまで見逃す腑《ふ》抜けになっていようとは、なんとも迂闊《うかつ》でした」

「私は伊勢亀半右衛門様を信頼してすべてまかせてきました」

と下野屋十右衛門が言った。その言葉に首肯した仙右衛門が、

「伊勢亀の旦那は、御蔵前百九株の総意で筆頭行司を辞《じ》せと言われるならば、いつ何刻《なんどき》なりと身を処する覚悟はある。されど、金の力と暴力で御蔵前が乗っ取ら

れるのを黙って見ておられようかと悩まれた末に吉原会所に助勢を申し込まれたのでございますよ。それが薄墨太夫の川遊びの真意でした、ご一統様」

「暁雨さん、われら、どうするな」

下野屋十右衛門が暁雨を凝視《ぎょうし》した。

十八大通の集まりに頭分《かしらぶん》は決められていない。だが、なにか事を決するとき、暁雨の考えが尊重されてきた。

「われら、遊びをやめて商いに立ち戻るときが来たようだ」

「十八大通は当分やめですか」

「じゅんしさん、よいきっかけかもしれぬ。いや、吉原会所の話を聞けば、もはや遅いかもしれぬ。われら、遊びで稼業を潰《つぶ》す前に商人に立ち戻る機会を与えてくれた伊勢亀の半右衛門旦那と吉原会所に感謝せねばなるまい」

「暁雨さん」

「利倉屋さん、暁雨はなしじゃぞ。大口屋治兵衛と呼んでくだされ」

「おお、それはよい。大口屋治兵衛さん、香取屋の誘いに応じて、香取屋一派の夜参りに番頭であれ、人を送ってきた大口屋八兵衛どの方の考えを聞きたい。このまま香取屋に与するかどうなのか」

利倉屋が一座を見回した。

金翠と呼ばれる大口屋八兵衛が、

「恥ずかしながら番頭から駒込勝林寺の夜参りの報告を受けながら、信心なれば結構とあまり考えもせず許してきた自分が恥ずかしい。吉原会所が申すことが真実なれば、わしは香取屋一派なんぞに数えてもらいたくない」

と言い切り、

「私も同じ考えです」

景舎こと近江屋佐平次が賛意を示した。

「ちょっと待ってくれませんか。私は吉原会所の番方の口を信じないわけではない。うちの番頭には店に戻って問い質すとして、筆頭行司の伊勢亀半右衛門様のお考えが聞きたい」

と全吏こと伊勢屋宗四郎が言い、大きく首肯したのは有游こと笠倉屋平十郎だった。

「私も岩蔵がなぜ殺されたか、筆頭行司の口から聞きとうございます」

伊勢屋宗三郎も小さく頷いて賛成した。

「その考えはもっともなこと」

と大口屋治兵衛が番方の仙右衛門を見た。

「大口屋の旦那、いかにもさようでございましたね」

仙右衛門が頷くと隣座敷との間を仕切っていた襖《ふすま》が、すいっと両側に引かれて、そこに伊勢亀の旦那が座していた。

「い、伊勢亀の旦那」

「筆頭行司」

と十八大通の間から驚きの声が起こった。

「ご一統、私の力不足でかような仕儀《しぎ》に立ち入らせ、札差百九株を二分する争いを招いてしまったことをお詫び致します」

伊勢亀半右衛門が深々と頭を下げた。

「筆頭行司、詫びるのは遊びにうつつを抜かしていた私どもですよ」

と大口屋治兵衛が答え、伊勢屋宗三郎が、

「伊勢亀の旦那、最前からそちらに控えておられたのなら、話を承知でございましょう。番方の申すことが真実かどうか、筆頭行司の口から聞きたい」

「伊勢屋宗三郎さん、お怒りはもっともじゃ。私はこの騒ぎが鎮《しず》まった暁《あかつき》には札差の筆頭行司を辞し、商いの場から引退します」

とひと息入れた伊勢亀半右衛門が、

「ご一統、番方が申されたこと何ひとつ、間違いはございません。いや、それ以上にわれら昔ながらの札差株仲間が追い詰められ、吉原会所の必死の支えでなんとかかたちばかり保持されているというのが実態にございます」

伊勢亀半右衛門の肺腑《はいふ》を抉《えぐ》るような言葉は大口屋治兵衛らの胸に鋭く突き刺さった。

短い沈黙のあと、

「ならば私の態度ははっきりしております。近江屋は昔通りに伊勢亀半右衛門様のもとで御蔵前を支えて参ります、と改めて申し上げる」

近江屋佐平次が言い、残りの四人も近江屋の言葉に賛成した。

「近江屋さん、有難《ありがた》い。これでいくらか香取屋一派に近づき、弾《はず》みがついた。もう少し相手方から寝返りさせられれば田沼意次様の一周忌の場に出て、白黒をはっきりとつけられる」

伊勢亀半右衛門がほっと安堵《あんど》の声を漏らした。

「伊勢亀の旦那、私らが旦那の側に回ったと知った香取屋一派は、私どものところになんぞ注文を、いや、嫌がらせをしてきますまいか」

伊勢屋宗四郎が不安を口にした。

「正直ないとは言い切れますまい」

伊勢亀半右衛門が応じて、

「わっしども吉原会所も全力で皆様のお店《たな》と命を守ります。ですが、ご一統様もしばらくの間、独《ひと》りで夜遊びなどに出かけんでくだされ」

と仙右衛門が願い、十八大通の十一人ががくがくと頷いた。

その後、伊勢亀半右衛門を交えてしばらく話が続き、俳諧の会に擬《ぎ》した集いは散会した。


十八大通の遊び人から札差の旦那へと戻る決心をした大口屋治兵衛ら十一人が料理茶屋山口巴屋を出たのは、五つ（午後八時）の刻限だった。

相変わらず雨が降っていた。

一行の帰路に、足駄《あしだ》を履《は》き菅笠《すげがさ》を被った神守幹次郎が密《ひそ》かに従い、番方の仙右衛門は伊勢亀半右衛門と一緒に山口巴屋に残った。

料理茶屋山口巴屋のある浅草並木町から札差が軒を連《つら》ねる御蔵前通りは隣町といってよい近間《ちかま》だった。

香取屋一派は迷いの生じた伊勢屋宗三郎の番頭岩蔵を殺害して、十八大通の他の五人の仲間に警告を発していた。となれば、駒込勝林寺に番頭を出していた笠倉屋などにも香取屋一派の監視がついていて、本日の集いは先方の知るところと考えたほうがいい。

「頭がくらくらしそうですよ」

大口屋八兵衛が言ったのは御蔵前通に出たところでだ。まだ、通りには人の往《おう》来《らい》があった。

「私も、伊勢亀の旦那の言うことも吉原会所の必死さも呑み込めた。だが、それが私どもに降りかかった火の粉とすぐには考えられないんだ」

近江屋佐平次が言い、

「大口屋治兵衛さん、まだ刻限も早い。どうですね、竹町《たけちょう》ノ渡《わた》し場近くにざっかけない呑み屋があるんだが、私どもだけで相談を致しませぬか」

と提案した。

「番方は独り歩きには当分注意しなされと命じられたぞ」

「利倉屋さん、私どもは十一人、まだ刻限も早《はよ》うございますよ。それにこの雨にはうんざりだ、体じゅうに青カビが生えたようじゃ」

「それはそうですが」

と何人かがこのまま店に戻りたくないといった表情で立ち止まった。

「私どもだけで話し合いをするのもいいことかもしれません」

と大口屋治兵衛が決し、

「そうでございましょう」

と言い出した近江屋佐平次が先に立って、浅草材木町《ざいもくちょう》の路地に入り、隅田川《すみだがわ》（大川《おおかわ》）を見通せる呑み屋の座敷に上がって一刻《いっとき》（二時間）ほど自分たちだけの話し合いを持った。それは愚痴《ぐち》の言い合いでもあった。

一行がその呑み屋を出たのが四つ（午後十時）前のことだ。

雨はわずかに小降りになっていた。

泥濘《ぬかるみ》の中をほろ酔い機嫌の一行がふらふらと大川端《ばた》に出て、川風に吹かれた。

酒を呑んだせいでだれもが大胆になり、雨も気にならなくなっていた。

「いささか伊勢亀の旦那と吉原会所は過敏《かびん》になっておりましょうな。私どもはふだんからお付き合いのある幕閣《ばっかく》の方々とも馴染なれば、町方《まちかた》とも親しく付き合ってきた。この一件を明日にも相談すれば、死んだ田沼意次様の亡霊《ぼうれい》なんぞ、どうということもありますまい」

「いかにもいかにも」

わいわいがやがや言い合っているところに、雨をついて川面《かわも》に櫓《ろ》の音が響いた。

二艘《そう》の船は灯《あか》りも点《とも》さず、一気に大口屋治兵衛ら十一人が立つ河岸道《かしみち》に漕《こ》ぎ寄せてきた。

「いささかおかしいですぞ」

大口屋治兵衛の狼狽《ろうばい》した声が響いた。

「御蔵前通りに戻りますぞ」

と振り返った一行は足場の悪い道の背後を数人の人影に固められていることに気づかされた。もはや逃げ場がなかった。

「これはどうしたことで」

「そなた方は何者です」

十八大通の旦那方が船組と路地組に問いかけた。

答えは常夜灯《じょうやとう》の灯りに鈍《にぶ》く光る白刃《はくじん》だった。

「しまった、自分たちだけで来たのは間違いだった」

大口屋治兵衛が後悔の言葉を吐いたが、時すでに時遅しだった。

二艘の船の舳先《へさき》がどんと河岸道の土手にぶつかり、ばらばらと白刃を構えた浪《ろう》人剣客《にんけんかく》が河岸道に飛び上がろうとした。塗笠《ぬりがさ》を被った面々は草鞋掛《わらじが》けで蓑《みの》を着込んでいた。

香取屋一派が新たに組織したという寛政刷新組の面々か。

「大口屋さん、どうしたもので」

と仲間のひとりがおろおろした。

「天水桶《てんすいおけ》の傍《かたわ》らにしゃがみなされ」

と暗がりから声がして、二艘の船の前に手に木刀《ぼくとう》を提《さ》げたひとつの人影が姿を見せた。

「神守幹次郎様」

大口屋治兵衛が喜色《きしよく》の声を上げた。

足駄を脱ぎ捨てた幹次郎は船からばらばらと河岸道に飛び上がる寛政刷新組に向かい、

「待っておった」

と呼びかけ、雨中、木刀を立てた。

「わずかひとりでわれらに立ち向かうと申すか、笑止《しようし》なり」

頭分が構えた白刃の切っ先を幹次郎の胸に向けた。

そのとき、路地を塞いだ寛政刷新組の背後に人の気配がした。

料理茶屋山口巴屋の座敷で伊勢亀半右衛門の相手をしているはずの仙右衛門が懐《ふところ》に片手を突っ込み、立っているのが見えた。そして番方の後ろには長吉《ちょうきち》ら吉原会所の面々が鳶口《とびぐち》を構えて従っていた。

十八大通を前後に挟んだはずの寛政刷新組は、いつの間にか勢力を二分されていた。

船からまた河岸道に仲間がひとり跳んだ。

幹次郎が木刀を翳《かざ》して、河岸道に上がった刺客の真ん前に踏み込んだのはそのときだ。

きええいっ
と怪鳥《けちょう》の鳴き声にも似た気合が幹次郎の口を衝《つ》き、木刀が左右に振るわれ、それを受けようとした白刃二本がへし折られて、その勢いのままにふたりが肩口と首筋を叩かれて泥濘に転がった。さらに、

「おのれ!」

とばかりに踏み込んできた三人目に幹次郎の赤樫《あかがし》の木刀が襲いかかり、つづいて四人目が倒れ伏した。

一瞬の出来事だった。だが、それで終わらなかった。

二艘の船からふたりがさらに河岸道に飛び上がろうとした。

幹次郎が虚空《こくう》にあるふたりの胸部と喉元《のどもと》を迅速《じんそく》に突くとふたりは増水した流れに背中から落下して下流へと流されて消え、船は退《さ》がっていった。

勝負は決していた。

「大口屋様方、それがしの背に従うてくだされ」

天水桶の傍らにひと塊になった十一人に命じた。

「船の仲間は逃げたぜ。おまえさん方の前には吉原会所の若《わか》い衆《し》、後ろには会所の裏同心が控えてなさる。逃げるなら今のうちだ」

仙右衛門が着流しの襟《えり》に片手を突っ込んだまま言い放ち、逃げ道を作るように長吉らを路地の一方に寄せた。

幹次郎に機先《きせん》を制せられた寛政刷新組の面々が算《さん》を乱して浅草御蔵前通りへと駆け去った。

「さて、参りましょうか」

幹次郎が大口屋治兵衛らに話しかけた。

「神守様、私どもはなんという能天気《のうてんき》にございましょう。あれほどにご忠告を受けたにもかかわらず、未《いま》だ自分たちの置かれた立場がいかに危険か、存じませんでした」

「ご一統様、長い戦いは半ばにございます。どちらが勝ちを得るか、油断したほうがこの御蔵前通りから追い払われるのはたしかなことにございます」

「番方、覚悟を決めました」

大口屋治兵衛が言い、残りの十人が大きく頷いた。

「二番手が現われぬうちに参りましょうか」

仙右衛門が言い、一気に酒の酔いが醒《さ》めた十八大通の十一人に長吉らが従い、その場から消えた。

小競《こぜ》り合《あ》いの場に残ったのは仙右衛門と幹次郎のふたりだ。

暗がりが揺れて傘を差した伊勢亀半右衛門が姿を見せた。

「神守様、番方、おかげ様で十八大通の五株がうちに戻り、五十二株になりました」

「それでも相手方の香取屋一派は五十七株を握っております、まだ油断はできませぬ」

「番方、一人ひとり切り崩していくしか私どもが生き残る道はございませんよ」

と半右衛門の声が湿った闇《やみ》に響いた。

三

雨は上がった。

吉原の妓楼、引手茶屋、裏店《うらだな》などどこでも夜具や衣類を日差しに向かって競《きそ》って干《ほ》した。昼見世の刻限になってもどこの通りも表面の泥濘が乾いた程度で、今度は泥に足を取られて歩くのが困難になった。外茶屋が並ぶ五十間道《ごじっけんみち》でも泥濘は一緒で、大門前に客を待つ駕籠屋の姿もない。

当然吉原を訪ねる客もいなかった。たまに在所《ざいしょ》から江戸見物に来た風の素見が大門前に姿を見せたが、

「民十《たみじゅう》よ、吉原じゅうが日干しの最中、こりゃ、商いどころではねえだよ」

「女郎の肌にもカビが生えたかねえ」

「そんなところだ。これで女郎と肌を合わせんべえ、なんぞよからぬ病《やまい》をもろうて在所に戻ってよ、病を広めることになるだよ」

「門内に入るのは諦《あきら》めっぺえ」

「それがいいだ」

と引き返していった。

事実、板屋根しか許されない吉原の妓楼の中には、大籬まで雨漏りがしているところがあって、正直客を迎えるどころではなかった。

吉原会所の軒下に七代目の四郎兵衛が姿を見せた。

座敷では五丁町《ごちょうまち》の町名主《まちなぬし》が集まり、長雨で姿を見せぬ客を呼び込む話し合いをしていたが、四郎兵衛は長々と結論が出ぬ話し合いにうんざりとして表の様子を見に来たのだ。

ふだんは華やかな花魁道中に見物客が詰めかける仲之町の大通りに面した窓には、無数に干された夜具や衣類があった。

六月は吉原に紋日《もんび》はない。せいぜい土用《どよう》の入りに遊女が馴染客や日ごろ世話になる引手茶屋に暑中見舞いの団扇《うちわ》を贈るくらいで、客足が悪い月だった。その上にいつ降りやむともしれぬ長雨が続いた。

「本日もまた開店休業ですな。雨があがっただけでもよしとしなければなりますまい」

と土間に控える神守幹次郎に言った。

その呟きに答えたのは江戸町奉行所の同心《どうしん》が詰める吉原面番所《めんばんしょ》の隠密廻《おんみつまわ》り同心村崎季光《むらさきとしみつ》だった。

「七代目、雨が上がった祝いをなんぞ催さぬか、験直《げんなお》しもときによかろう」

と叫んだのだ。

「村崎様、それは名案にございますな」

「どうせ客は来ぬのだ」

と諦め顔で応じた村崎が、

「そなたらは、暇に飽かして札差株仲間の内紛に首を突っ込んでおるというではないか。そのような余裕があるならば、足元を見てな、意気消沈《いきしょうちん》の女郎らを元気づける策を考えたほうがよかろう。城中でも吉原会所が札差株仲間の伊勢亀半右衛門と組んで、策動《さくどう》しておると流言《りゅうげん》が流れておるというぞ。そんな噂は災いの因、ここらで、雨払いの呑み会で鬱々とした気持ちを吹き払おうではないか」

と唆《けしか》けるように言った。

「村崎様、本日は実によいことを申されますな。験直しの呑み会ですか」

「おう、どうだな」

村崎季光の声音《こわね》には本気で四郎兵衛を説得しようという様子はない。

元《もと》吉原以来、御免色里《ごめんいろざと》の吉原にはこの遊里独特の紋日があって、仕来《しき》たりに縛られていた。なにか新規のことを行うには大変な根回しと労力が要《い》った。

「今日の昼からぬかるんだ仲之町や五丁町に乾いた土か砂を入れようと、ただ今も町名主の旦那衆と話し合っておる最中ですがな、どうせ商いはできないのでございますよ。遊女衆の気分を変える験直しを催すのも手ですかね」

「本気に考えたか、七代目」

「おや、村崎様は冗談で申されたので」

「そなたらの口癖《くちぐせ》ではないか。吉原は仕来たりと約束ごとに守られた遊里じゃぞ。新たなことをやるには何百枚もの書付《かきつけ》を用意しなければなるまいが、今日明日に間に合うか」

「その書付に許しを与えるのは面番所にございましょう。大半の願いは奉行所に持ち帰られます。となると三月《みつき》、いや、半年の日にちが要《い》りますな、その挙句《あげく》がお許しならず、これがおよその結末にございます」

「おう、七代目、それでもやるかえ」

「村崎様、これは吉原の商いの仕来たりを変えるという話ではございませんよ。女郎衆の気分を変えて、明日からの商い繁盛《はんじょう》を願おうという話です。格別に上《じょう》申《しん》の書付も要りますまい」

「それならばな……」

「ならば即刻鳶《とび》の連中を入れて仲之町に筵《むしろ》を敷いて、引手茶屋から酒肴《しゅこう》を出して、験直しを致しましょうぞ」

「客が来たらどうする」

「わあっと一緒に騒いでな、楼に上がりたい客は馴染の女郎衆と験直しの場から姿を消すもよし、呑み続けるもよし」

「七代目、本気のようじゃな、よし、面番所も手伝うぞ」

と珍しく村崎が言い出した。

「ならば仕度もございますでな」

四郎兵衛が五丁町の町名主が集まる座敷に戻った。

「ご一統、聞かれましたな。これまで商いをどう立て直すかばかり話し合《お》うてきましたが、吉原の財産は遊女衆にございます。この長雨にくさくさした遊女の気持ちを切り替えるのも明日からの商いに弾みをつけることになりませぬか」

「そうでしょうかな」

と揚屋町の名主常陸《ひたち》屋久六《きゅうろく》が異論を唱えたが、

「いや、遊女ばかりではございませんよ、私どももうんざりしておりますのさ。客だって、この泥濘の中の吉原詣《もう》でには二の足を踏みましょう。そこへ吉原の遊女が総出で験直しとなると、ならばおれたちも吉原を覗《のぞ》いてみようかという気持ちになりませんか」

「江戸二《えどに》の信濃屋《しなのや》さんが申される通りですよ。ぱあっ、とここらで気分を変えましょうな」

と京町《きょうまち》二丁目の町名主喜扇楼正右衛門《きせんろうしょうえもん》が応じた。

「それにしてもこの泥濘をどうしますな」

「なあに、鳶の連中を呼んで舞台なりなんなり即席にこさえることはできましょう。そうなれば、うちは芸達者には事欠きませぬ、早速《さっそく》手配を致しましょうかな」

「七代目、費《つい》えはまた間口で頭割りですかな」

「いえ、酒肴は表通りの引手茶屋が出すとして、舞台やらぬかるんだ道を直す費用は会所の金子でなんとかしましょう」

「ならば早速手配にかかりましょうかな」

と町名主が集まっている場だ。すぐに吉原じゅうに触れを出す掛《かかり》、鳶衆を呼びに走る掛と会所の男衆の役割が決まって、会所から次々に飛び出していった。

夕刻七つ半（午後五時）過ぎ、待合ノ辻《まちあいのつじ》に舞台が組み上がり、仲之町は大門から水道尻《すいどじり》まで橋板が延びて泥濘に足を取られなくても往来ができるような仕掛けができた。また五丁町の通りには各妓楼が筵や板を敷いて、履物を汚さずに通行ができるようになった。

仲之町に面した七軒茶屋をはじめ、引手茶屋などには釣忍《つりしのぶ》が飾られ、それが提灯《ちょうちん》の灯りに映えて、いつもの夕暮れとは違って見えた。さらに引手茶屋の表土間が開放されて、四斗樽《しとだる》が用意され、季節の菜《さい》や甘味を並べて今日ばかりは客となる遊女らの来場を待った。

どこからともなく三味線の調べが鳴り響いた。気怠《けだる》くも男心をくすぐる清掻《すががき》とは違い、陽気にさんざめく祭り囃子《ばやし》だった。

するとこの夕べばかりは大見世《おおみせ》の太夫も吉原の吹きだまりの切見世《きりみせ》（局《つぼね》見世）の女郎も浴衣《ゆかた》を着て待合ノ辻に集まってきた。すると急ぎ仕事で組まれた舞台の上に吉原見番《けんばん》の芸者衆が居並び、手踊りなど次々に芸を披露した。また踊りの合間には幇間《ほうかん》が舞台でも滅多《めった》に演じない、笑いを誘う仕草を演じて見物の遊女衆を沸かせた。

酒好きな女郎は引手茶屋のはしごを楽しんだり、甘いものが好きな新造《しんぞう》や禿《かむろ》は甘味に群《むら》がってうれしそうだった。

吉原会所の面々はこの験直しの催しの仕度に走り回ったが、遊女たちが待合ノ辻に集まり、楽しむのを見て、廓内《なか》の見廻りに出ていった。

幹次郎も長吉と組んで、吉原会所の前から塀沿いに榎本稲荷《えのもといなり》に向かい、西河岸《にしがし》の切見世を開運《かいうん》稲荷へと向かった。

大半が待合ノ辻に出かけて、西河岸に残っているのは三軒のうち一軒であった。

そんな女郎を見ると、

「白川《しらかわ》の姐さん、本日は無礼講《ぶれいこう》の催しがあるぜ、仲之町に出かけて憂《う》さを晴らさないかえ」

と長吉が声をかけた。

「長さんかえ、おまえさんだって昨日今日吉原の男衆になったんじゃあるまい、大見世の看板から鉄漿溝《おはぐろどぶ》の臭《にお》いがする切見世に転げ落ちた白川だ。どの面《つら》下げて表に出ていけと言うんだよ」

有明行灯《ありあけあんどん》が点る細長い座敷から煙管の煙と一緒にしわがれ声が応じた。

「おめえさんの気持ちも分からないじゃねえ。だがよ、この長雨は大籬の太夫だろうと羅生門河岸《らしょうもんがし》の切見世だろうと同じように見舞っているんだ。そいつを吹き払おうってんで考えられた験直しだ、昔馴染の朋輩《ほうばい》と話すのも悪くないと思うがね」

長吉が説得したが、白川は間口四尺五寸（約一・四メートル）に奥行二間（約三・六メートル）の自分の城から出ようとはしなかった。

「日が落ちて気分が変わったら、仲之町に出てくるんだぜ」

と言い残して長吉と幹次郎が開運稲荷に進んだ。

いつもならにゅっと手が伸びてきて、袖を摑まれ、引っ張り込まれそうになる切見世だが、今夕《こんゆう》ばかりはそんな気配もない。

「白川の全盛《ぜんせい》は二十年近く前でしょうかね。京一の半籬《はんまがき》（中見世《ちゅうみせ》）岩鶴楼《いわつるろう》のお職《しょく》手前まで昇り詰めた女郎でしたがね、朋輩の染吉《そめきち》と喧嘩《けんか》口論して互いに剃刀《かみそり》なんぞを持ち出して相手に怪我を負わせたのがきっかけで一つまたひとつと坂道を転がり落ちて、ただ今では西河岸の切見世の大姐御《おおあねご》に居座ってますのさ」

と長吉が幹次郎に説明した。

「売れっ子の遊女だったのなら年季《ねんき》が明けたときに外に出る機会もあったろう

に」

「白川は陸奥《むつ》のどこぞの村から吉原に売られた女でしてね。白川が売り飛ばされたあと、村は飢饉《ききん》でなくなったそうなんで。白川にとって故郷と呼べるところはこの吉原しかないんでございますよ。いえね、今だって白川は借金の一文だってねえはずだ、吉原の外に出ようと思えばすぐに出られる身だ。だが、吉原の外は怖いんだそうで」

「遊女三千さまざまな人生模様かな」

「白川は看板女郎のころから吝嗇《けち》な女郎でしてね、染吉との喧嘩の原因も金の貸し借りが因だったはずです」

「その折り、面番所は、刃物を持ち出しての喧嘩をなしたふたりを小伝馬町《こでんまちょう》に送り込まなかったのか」

「岩鶴楼で手を回し、揉《も》み消すのにだいぶ金子を使ったはずなんでございますよ。むろんその金子はふたりの借財に上乗せされた」

「そのせいで切見世に転がり落ちたか」

「いえいえ、白川は見栄《みえ》だ、張りだなんてことには一切関わりがねえ女郎でしてね、刃傷沙汰《にんじょうざた》で金子を使ったにもかかわらず、今も懐に何十両かの貯《た》めた金があるって噂です。いえ、事実、そいつを切見世の仲間に十一《とい》で貸して、利息《りそく》で暮らしが立つほどなんで」

「人は見かけによらぬな」

幹次郎が応じたとき、開運稲荷に白い浴衣の女がお参りしていたが、幹次郎らの気配にすいっと暗がりに姿を消した。

幹次郎は女が待合ノ辻に行く前に開運稲荷にお参りに来たかと思った。

浴衣着て　過ぎさりし日を　もの想ふ

なぜかこんな五七五が幹次郎の脳裏に浮かんだ。竹垣に朝顔が絡《から》んだ染《そめ》模様の浴衣の女がまだ若い女郎と思ったからだろうか。

幹次郎と長吉は開運稲荷に軽く頭を下げて、水道尻の火の番小屋に出た。そこから大門の待合ノ辻を見通すと、煌々《こうこう》と点った灯りの下で賑《にぎ》やかに住吉踊《すみよしおど》りが踊られている様子が窺《うかが》えた。

「わっしも長いことこの吉原で食べてきましたが、女郎と客の験直しの宴《うたげ》なんて初めてですよ」

「今年の夏は長梅雨でだれもがうんざりでしたからな」

「尋常ではねえ長梅雨でした」

ふたりは浴衣を着た遊女の間を縫《ぬ》いながら左右に京町一、二丁目を窺い、待合ノ辻に向かった。すると七軒茶屋の山口巴屋の土間から声がかかった。

幹次郎が振り向くと白地に菖蒲《あやめ》をあしらった浴衣を着た遊女が幹次郎を手招きした。うっすらと額《ひたい》に汗を光らせたのは薄墨太夫だった。そして、その傍らには伊勢亀半右衛門が上がり框《がまち》に腰をかけて、にこにこと笑っていた。

「雨払いの宵《よい》じゃそうな。薄墨から使いをもらいましたでな、寄せてもらいました」

「半右衛門様、ご足労《そくろう》にございました」

「ご苦労なのは吉原会所にございましょう。発案の面番所の同心どのは、お目こぼしの祝儀《しゅうぎ》が懐に入ってにこにことしておられた。実際、この催しをお膳立てしたのは、会所にございますのにな」

と半右衛門が苦笑いした。

「神守様、薄墨太夫の誘いに乗られた伊勢亀の旦那様から会所は過分な祝儀を頂戴《ちょうだい》したようで、お父《と》つぁんは、この宴の費用をどう捻り出そうかと思案投げ首のところでございまして、正直ほっと安堵しておりました」

と玉藻が姿を見せて、幹次郎の座布団を薄墨の隣に置いた。すると薄墨が幹次郎の手を引いて、そこへ座らせようとした。

「それがし、仕事中の身にござる。されど薄墨様のお誘いゆえ暫時《ざんじ》お邪魔します」

腰から和泉守藤原兼定《いずみのかみふじわらかねさだ》を外すと上がり框に腰を下ろした。

長吉は会所に戻ったようで姿は見えなかった。

「このところ世話になりっぱなしの吉原会所の催しですよ。あれくらいは当たり前、それに薄墨の琴の調べを聞かせてもろうただけで十分に元は取りました」

と半右衛門が鷹揚《おうよう》に笑った。

幹次郎は薄墨の額に光った汗は舞台で琴《こと》を弾《だん》じたせいかと得心して、隣に座る薄墨太夫を見た。

「日ごろ、遊女衆が芸を座敷で披露することはございません、芸者衆に遠慮してね。それが今日は思いがけなく拝聴できました」

「玉藻様、芸者の清子《きよこ》姐さんにおだてられてつい調子に乗りました。お恥ずかしい話にございます」

「いや、琴もさることながら芸者衆と一緒に踊った住吉踊りはなんとも粋《いき》で、絶品でありました、まことに吉原に来た甲斐《かい》があったというものです」

と半右衛門もにこにこと上機嫌だった。

「芸を見慣れた半右衛門様と玉藻様が申されるのです。きっと素晴らしい琴と踊りであったことでしょう、残念でした」

と幹次郎が正直な気持ちを口にした。すると薄墨が、

「ほんと」

と訊くような表情で幹次郎を見た。

「むろん真《まこと》の気持ちにござる」

「ござるか。ではいつの日か幹次郎様にも拙《つたな》い芸をご披露しましょう」

と薄墨太夫が嫣然《えんぜん》と笑ったとき、山口巴屋の開け放たれた戸口に仙右衛門が立って、

「伊勢亀の旦那、薄墨太夫、神守様をお借りしますぜ」

と断わった。

幹次郎は傍らの兼定を摑むと立ち上がり、伊勢亀半右衛門と薄墨太夫に会釈《えしゃく》して、仙右衛門に従った。

「どうなされた、番方」

と歩きながら訊いた。

「西河岸ですごい悲鳴が上がったと番屋《ばんや》の爺様《じいさま》が知らせてきたんで、小頭《こがしら》らはすっ飛んでいきました」

幹次郎と仙右衛門は江戸町《えどちょう》一丁目から西河岸に向かった。江戸町一丁目と西河岸の間には木戸があって、そこの番屋の爺様が悲鳴を聞いたようだ。

仙右衛門が西河岸の暗がりの左右を見た。そして、人影がうごめく様子のある右手に曲がった。

最前長吉と歩いたときより、切見世は静まり返っていた。少しは切見世女郎が残っていたはずだが、だれもが異変に息を潜《ひそ》めている様子があった。

「どうした」

仙右衛門が会所の半纏《はんてん》を着た若い衆の背に声をかけた。騒ぎは切見世の一軒で起こっているようだったが、あまりに狭く何人も入れないのだ。

「番方」

と振り向いたのは金次《きんじ》だった。

「なにがあった」

「白川が首筋を搔《か》っさばかれておっ死《ち》んだ」

金次ら切見世の前にいた若い衆がふたりに道を空《あ》けた。すると提灯の灯りに切見世の様子が浮かんだ。

長吉が殺された白川を調べるためか、傍らに片膝《かたひざ》ついて傷口を見ていた。狭い室内に殺された女郎の両足が見えるばかりで捻《ね》じ曲がった顔は隠れていた。

「小頭、面番所には知らせたか」

番方が問うた。顔を上げた長吉が、

「すまねえ、まだだ」

と答え、仙右衛門が、

「村崎の旦那にご足労を願え」

と命じた。

「長吉どの、最前話したばかりの白川さんが被害に遭《あ》ったというのは間違いござらぬか」

「白川に間違いねえ、物盗りのように部屋が荒らされてますね」

と長吉が体を起こした。すると煙管を片手でぎゅっと摑んだ白川の老いた顔が灯りの下に曝《さら》された。

四

仙右衛門が先に白川の切見世に入り、幹次郎は腰から大刀を外すと金次に預けて、脇差《わきざし》だけで狭い土間に履物を脱ぎ捨て、上がった。

商売道具の派手な振袖《ふりそで》が壁の衣紋《えもん》掛《か》けにかかってぶら下がっているのが物悲しく見えた。

白川は長吉に、表通りに顔は曝したくないと答えたが、その後、翻意《ほんい》したのか浴衣を着ていた。その白地の浴衣の胸辺りが真っ赤に血で染まっていた。首筋の深く切られた傷口から流れ出たものだ。

「凶器は剃刀なんで」

と長吉が手拭《てぬぐ》いにくるんだ剃刀を見せ、傷口を指した。左手が利き手の者が凶器を使ったであろう斬り口が行灯の灯りに浮かんで見えた。

行灯の灯りに使い込まれた剃刀と分かった。だが、研《と》ぎがかかったばかりの剃刀だった。

「わっしが飛び込んだとき、土間に落ちていたんで」

長吉が土間を指した。

幹次郎は改めて狭い部屋を見回した。

壁際に押しつけられた長火鉢があるのが見えた。尺《しゃく》三、四寸(約九～十二センチ)はありそうな欅《けやき》材で縁には柿《かき》材が使われたものだ。小引出しがすべて開けられて、金子でも探した様子があった。

「ざっと探したんですがね、残っているのは小銭ばかりだ」

「小頭、証文は残っていたか」

「いえ」

と長吉が顔を横に振った。

「白川が朋輩に銭を回して利息を取っていたのは吉原じゃあ有名な話でしてね、表の楼じゃあそんなこと楼主の旦那が許しませんや。だが、ここは吉原の吹きだまり、鉄砲《てっぽう》女郎の白川はお目こぼしされていたんで」

とさすがに番方だ、白川のことを承知していた。

鉄砲女郎とは、梅毒《ばいどく》などに冒《おか》された下級女郎を蔑《さげす》む言葉で、客が女郎の梅毒にあたるというのでこのような呼び方がついていた。

長火鉢の五徳《ごとく》には鉄瓶がかかっていたが、季節が季節、火が入っている様子はなかった。

幹次郎は使い込まれた南部《なんぶ》鉄瓶がきっちりと五徳の上に載っているのを見て、白川の几帳面《きちようめん》な気性を思った。

「さて、こんな宵だ。客が上がったとは思えない」

仙右衛門がだれにともなく呟いた。

「番方、白川は昔に患《わずら》った中気《ちゆうき》がよくないとか、もう客は取ってねえそうで」

「となると客の筋は消えた」

と仙右衛門が応じたとき、

「どけどけ、面番所の村崎様のお出張《でば》りだ」

と岡《おか》っ引《ぴ》き、山川町《やまかわちよう》の親分ことあごの勘助《かんすけ》の声がして、若い衆が切見世の表から場所を開けた。すると村崎季光が口の端に黒文字《くろもじ》をくわえて、のっそりと姿を見せ、その後ろでは勘助がこれみよがしに十手《じつて》をくるくると回していた。

「鉄砲女郎は、世を儚《はかな》んで自ら死にやがったか」

村崎が幹次郎らを見た。

「村崎の旦那、そうではございませんので」

と長吉が手拭いに包んだ剃刀を差し出して経緯を告げた。

「なにっ、殺しだって。面倒なことをしてくれるじゃねえか。下手人《げしゅにん》に当たりはついたのか」

村崎同心は切見世の部屋に上がりたくない様子で戸口から問うた。

「旦那、引き継ぎましたぜ」

まず仙右衛門が狭い部屋を出た。幹次郎が続き、最後に長吉が手拭いごと、

「証拠の品だ、あごの親分に渡そう」

と差し出した。

「長吉、あごだって抜かしたな、許せねえ」

「いちいち目くじら立てられちゃ敵《かな》わねえ。なんでしたらうちで剃刀預かりましようか」

と長吉が言い返し、くそったれがと応じながら勘助が受け取った。

「吉原会所は手柄にもならねえ仕事には見向きもしねえで、こっちに押しつけやがるか」

「村崎の旦那、冗談は言いっこなしだ。鉄砲女郎だろうが松《まつ》の位《くらい》の太夫だろうが人ひとりが殺されたってことに変わりはねえ。わっしらもやれることはやらせてもらいますよ」

「番方、なんぞ当たりがついたら、まず面番所に知らせに来るんだぜ。この吉原は江戸町奉行の支配下によ、われら隠密廻りの下にあることを忘れるんじゃねえぜ」

「言わずもがなのことですよ」

と村崎と言葉を交わした仙右衛門が狭いどぶ板を開運稲荷の方角に歩き出し、長吉が続き、最後に幹次郎が従おうとした。それに代わって村崎同心が鼻をつまんで敷居《しきい》を跨《また》ごうとして大小の鞘《さや》が柱に当たった音がした。

「くそっ、験直しの宵に殺されやがって。鉄砲女郎め、死んでまで迷惑をかけるぜ」

と村崎が罵《のの》り声を上げて、刀を腰から外した。

仙右衛門は、揚屋町の木戸口でふたりを待っていた。そこには若い衆の金次や宗吉《そうきち》らもいて、金次が幹次郎に和泉守藤原兼定を返した。

吉原会所の面々が揚屋町越しに仲之町の賑わいを見ながら、額を寄せた。

「客じゃねえことは分かっている。となると白川から銭を借りていた朋輩か、新たに銭を借りに来た女郎が揉めて、殺したか」

「番方、銭の融通《ゆうずう》をしてもらおうと白川を訪ねた女郎が懐に剃刀を忍ばせて掛け合いですかえ。白川は銭を貸す相手は厳しく吟味《ぎんみ》した上じゃないと貸さないそうなんで、最初から白川の金を盗むために剃刀を忍ばせて来たんじゃねえですかえ」

「つまりは白川の命を奪う覚悟で来たってわけか」

「へえ」

「借金の証文がなかったのはどう考えればいい」

「きっちりと家探《やさが》ししたわけでねえのは、下手人もこっちも一緒だ。もしかしたら面番所の連中が見つけるかもしれねえ」

「それならそれで事情が違ってくるな」

「白川は証文を長火鉢の小引出しに入れていたって噂でしてね、もしこの話がたしかなら白川から借財をしていたひとりが殺《や》ったって可能性が強くねえか」

「わっしはそっちの線が臭いと思いますね」

「小頭、下手人は最初から白川を殺して証文と白川の財産を盗む気で押し入ったと申されるのだな」

と幹次郎が念を押した。

「そういうことではねえかと」

「会所には人の出入りが多い。水道尻の番小屋に行きませんか」

仙右衛門が幹次郎に誘いかけ、一行は西河岸を進んで京町一丁目の木戸を通り過ぎ、開運稲荷の角で高塀に沿って曲がった。

幹次郎の目にお稲荷様のうす暗い灯りが差し、そのせいでなんとなく視線が動いた。すると小さな開運稲荷の境内《けいだい》に白いものが一瞬浮かんだ。

「ちとお待ちを」

と願った幹次郎が稲荷社の隅に突っ込まれたものを確かめるために近づいた。

「なんですね」

幹次郎に従ってきた金次が幹次郎の視線の先を辿《たど》り、手にしていた提灯を白いものに突き出した。

「浴衣じゃねえか、こんなところに浴衣があったぞ」

幹次郎が丸められた真新しい木綿《もめん》の衣類をそうっと引き出した。するとぱらりと広がったのは血染めの浴衣だった。裾《すそ》の染模様は竹垣に朝顔が絡まっている絵柄だった。

仙右衛門と長吉が幹次郎の傍らに来て、

「下手人は血に染まった浴衣を脱ぎ捨てて、用意周到にも着替えをして逃げやがったか」

と仙右衛門が驚きの声を上げた。

「女とすると、やっぱり最初から白川を始末する気だったな」

と長吉が呟いた。

幹次郎の脳裏に、白地の浴衣を着た女が開運稲荷に向かって立っていた風景が過《よぎ》った。

「神守様、四半刻《しはんとき》（三十分）も前にわっしらが白川と言葉を交わして、この前を通りかかったとき、白地の浴衣を着た女がこの稲荷社にいませんでしたかえ」

「それがしもそのことを思い出したところだ」

「あいつ、着替えを開運稲荷の社《やしろ》の陰に隠したところだったんですかね」

「そうかもしれぬな」

幹次郎と長吉は顔を見合わせた。その長吉が幹次郎の両手の血染めの浴衣に目を落としながら、

「白川の返り血だ。女め、大胆なことをしのけたもんだぜ」

と呟いた。

幹次郎は浴衣を金次に渡した。

「女の手かのう」

「神守様、どういうことで」

「いや、傷口は迷いもなく深く抉られておった。女の手に持たれた剃刀であれだけ深く撫《な》で斬るのは容易なことではあるまいと思っただけだ」

「西河岸に入り込む男は客だが、このところ白川は客を取ってませんや。となると、あとはわっしらみたいな吉原の男衆だ」

「白川は男にも銭を貸したのか、小頭」

「そいつは聞いていませんや」

「番方、小頭、それがしが言いたかったのは下手人が男だということではない。あれだけ迷いなく一度で首筋を撫で斬った者の覚悟のほどを口にしただけだ」

「へえ」

仙右衛門が応じて、

「この浴衣、面番所に差し出すこともあるまい」

と言うと水道尻の番小屋に向かった。

番小屋には番太《ばんた》の姿はなかった。蚊やりの煙がもうもうと小屋の中に渦巻くように漂っていた。鉄漿溝が番小屋のすぐ脇を流れていて、溝は蚊の棲《す》みかになっていた。

「ふえっ」

と金次が手にしていた浴衣で煙を外へと扇《あお》ぎ出した。すると白川の血の臭いが番小屋に漂った。

「白川の切見世に入った者を見た者はいないのか」

という仙右衛門の問いに若い衆のひとりが、

「西河岸の女連も酒がただで呑めるってんで仲之町に出ていましてね、あの辺りでは四軒北に寄った朋輩の津野子《つやこ》しか西河岸には残っていませんでした。津野子は風邪をこじらせて高熱を発してうんうん唸《うな》って寝ていたそうで、物音ひとつ聞いてないというのですよ」

「そいつは弱った」

と仙右衛門が呟き、

「もう少し丁寧に西河岸界隈《かいわい》を調べます」

と長吉が請け合った。その言葉に頷いた仙右衛門が、

「仮に下手人に証文を奪われたとしようか。となると証文を入れたひとりが白川を殺した可能性が高いことにならないか」

「まずその線で間違いありませんって」

と長吉が応じた。

「そこだ。素人《しろうと》で金貸しをやろうという奴は用心深いものだぜ。金高《きんだか》を記した書付を別に残しておくか、親しい朋輩に預けておくものじゃないかえ。ここいらを念のために当たる要がありそうだ」

「番方、面番所の連中は、そう長くあの切見世にはいませんや。村崎の旦那らが引き上げたあと、訊き込みに回ります。そろそろ験直しの宴から西河岸の連中も戻ってきておりましょうからな」

と長吉が言うのを聞いた金次が、

「わっしが様子を見てきます」

と番小屋から飛び出していった。

手配りを終えた仙右衛門が幹次郎を見て、

「わっしらはいったん会所に引き上げますか」

と誘った。

「番方、開運稲荷にいた女が気になる。しばらく残ってよいか」

「神守様が現場に戻ってくれると心強い」

と言い残した仙右衛門が番小屋から出ていった直後、金次が戻ってきた。

「番方、おや、いないのか」

「番方は会所に引き上げた。金次、あごの勘助らはいたか」

「いいえ、白川を戸板に乗せて引き上げたところですよ」

よし、と言った長吉が金次ら若い衆に指示を出して、西河岸の切見世の南側と北側にひと組ずつ、さらに木戸番らの訊き込みにひと組、と三組に分けて、

「いいな、吹きだまりの切見世女郎を甘くみちゃならねえ、落ちぶれていても気位は太夫以上に高いものだ。相手のへそを曲げねえように訊き込んでこい」

と叱咤《しった》して番小屋から送り出した。

「さて、わっしらは白川の住まいに戻りますか」

長吉の声に頷くとふたりは開運稲荷への路地を辿って、西河岸に戻ろうとした。

水道尻から大門まで京間百三十五間《けん》、待合ノ辻辺りの賑わいは最前より静かになっていた。だが、仲之町には女郎衆の浴衣姿の噂を聞きつけたか、素見の男たちが交じってただ酒を呑む光景が見られた。

「長吉どの、稲荷社で見た女だが、気づいたことはないか」

「一瞬でございましたからね。ただ浴衣の裾模様の染めですが、最前の血染めの

浴衣と同じ竹垣に朝顔が絡んだ絵柄だったように思えるんですがね」

「それがしの記憶もそうだ。背中しか見ておらぬ女が、血染めの浴衣を開運稲荷社に隠していった人物とみてよかろうな」

「白川を剃刀で一気に撫で斬った女でございますね」

頷いた幹次郎はさらに一瞬の記憶を辿った。

「あの背には張りがあった。切見世に落ちた年増《としま》女郎ではなかった気がする」

「わっしも背は若いような気がしたんですよ。となると西河岸の女郎じゃねえ」

ふたりはふたたびどぶ板を踏んで白川の切見世まで戻ってきた。

面番所の面々が引き上げた殺しの場にだれが上げたか線香の匂いが漂っていた。

長吉は風邪をひいて寝ているという津野子のところから火を借りてきて白川の行灯に火を点した。

ぼおっ
と灯心が燃えて灯りが狭い白川の城を浮かび上がらせた。畳に血溜まりが残っていた。

「わっしが調べてねえのは勝手口なんで」

と長吉が奥に向かった。

幹次郎は灯りが等分に当たるように血溜まりの奥に行灯を置いた。そして、どぶ板の路地に面して開けられた細長い窓の前から座敷の奥を見渡した。

吉原の中で局見世とも呼ばれる最下級の切見世は二か所あった。仲之町の表を挟んで東と西にだ。揚げ代は一ト切《ひときり》（約十分）が百文だが、西に比べ東は乱暴で強引な客引きをするというので、

「鬼が引きずり込む場所」

羅生門河岸と呼ばれた。

白川が吉原の最後を生きた西河岸は東に比べればおっとりとしていたが、それでも客が切見世に入るには勇気がいった。

幹次郎は吉原暮らし二十数年の白川の最後の住まいの光景を見ていた。

白川が最後に拠《よ》り所にしたのは貯めた金子と借用証文だろう。金子と証文をどこに隠したか。

間口四尺五寸、勝手を含めて奥行二間に見られる道具は商い用でもある夜具とただひとつ立派な道具の長火鉢だ。

最前はいなかった黒猫が長火鉢の猫板に寝ていた。

白川の飼い猫だろうか。

「そなた、そなたの主を殺《あや》めた下手人を見ておらぬか」

幹次郎が話しかけると猫の代わりに衝立《ついたて》の向こうから長吉が振り返った。

その瞬間、幹次郎が閃《ひらめ》いた。

火も入っていない長火鉢の五徳の上の鉄瓶がきれいに磨《みが》かれていることに気づいて、なにげなく触った。そして、蓋《ふた》を取るとむろん水は入っていなかった。

幹次郎は鉄瓶の内側に黒いものが貼りつけてあるのを見た。

「小頭」

と長吉を呼んだ幹次郎が鉄瓶の内側から剝《は》がしたものは薄い帳簿で、黒表紙に、

「かしつけ帳」

の五文字が金釘流《かなくぎりゅう》で書かれてあった。

「神守様、お手柄でございますよ」

と長吉の言葉が耳を通り過ぎた。そのとき、白地の浴衣の女の狙いはこの黒い貸付帳だったかと考えていた。

ふたりが西河岸を出ると、いったんやんでいた雨がまた降り出していた。

第二章　雨あがる

一

幹次郎と長吉は西河岸から蜘蛛道《くもみち》を辿って吉原会所の裏口に出た。

仲之町の人出は少なくなったとはいえ、まだ験直しの宴を楽しむ女郎衆や客がいたからだ。また待合ノ辻を挟んで向かい合う面番所に隠密廻り同心の村崎季光らがいて、こちらの動静を窺っているのは容易に推察できた。

公《おおやけ》には吉原の廓内の騒ぎの探索権は江戸町奉行所の隠密廻りが持っていた。だが、吉原会所では隠密廻りの同心に、三度三度の食事から吉原への送り迎え、節季ごとの付け届けを贈るなどして骨抜きにし、廓内の自治と安全を会所が握ってきた経緯があった。

面番所の探索権はかたちばかり、だが、ときに自分たちの特権を吉原会所に思い出させるためにあからさまに調べに邪魔を入れたり、手柄を吉原会所から奪うためにこちらの動静を窺うことがあった。そんなわけでふたりは会所の裏口から入り、いつも四郎兵衛が控えている坪庭に面した奥座敷に向かった。すると四郎兵衛と仙右衛門のふたりが待機していた。

「ご苦労でしたな」

「伊勢亀の旦那はもうお帰りでございますか」

ふたりの前に座した幹次郎の問いに、

「会所の者をつけて無事にお店まで送らせましたよ」

「それはよかった」

幹次郎が懸念していたことだった。

「薄墨太夫も雨が降り出す前に楼に戻られました。残っているのは酒好きな女郎ばかりで四つまでは引手茶屋の土間で呑む気ですよ。まあ、験直しが目的だから今宵《こよい》は好きにさせておきます」

「七代目、ふたたび雨が降ってきました。験直しをした甲斐がございませんでしたな」

仙右衛門が苦笑いした。

「いえ、番方、この雨は明日の明け方にはやむ。いささか遅いがからりと晴れた夏が戻ってまいります」

と気候の変わり目をなんとなく肌で感じた幹次郎が言った。

「そう願いたいもので」

四郎兵衛が真剣な表情を見せた。

「七代目、確信があるわけではございません。ですが、長年旅を続けてきた者には、天気の変わり目を察する勘《かん》みたいなものが備わってくるものでしてね」

「神守様の勘が当たることを願っております」

幹次郎は頷くと、懐から白川の貸付帳を出してふたりの前に置いた。

「ほう、このような物が白川の部屋に残されておりましたか」

「番方、神守様の勘が冴《さ》えて、長火鉢の上の空《から》の鉄瓶の中にあったそいつを見つけ出されたので。きっと天気も明日には回復しますぞ」

と廊下から長吉が説明した。

「お手柄です。白川が貸した金の出入りを記した大福帳《だいふくちょう》にございましょうな」

「と思えます。あちらでちらりと中を確かめましたが、金釘流の白川の筆跡《て》を解読できません。そこで会所にと戻って参りました」

四郎兵衛が黒表紙の貸付帳を開いて行灯の灯りに翳した。

「たしかにこれは文字とは言いがたいものですな。なになに、おくにやすみか、さん両二ぶいっしゅ。もとがねりのかえし、ありか。こりゃ、読み下すのに骨が折れそうだ。神守様、番方、そなたらが目のよいところで判読してくれませんか」

四郎兵衛が仙右衛門に薄紙を綴《と》じた貸付帳を渡した。

受け取った番方がぱらぱらとめくり、

「みみずがのたくったような細かい字は竹筆かね、いや、黒文字かなにかで書いたのかもしれねえな」

と頭を傾げた。

「小頭、貸付帳の前のほうは、粗方《あらかた》金の返済が済んでおるようだ。後ろから返済がないもの、利息の滞《とどこお》っているものを書き出していこうか」

仙右衛門が言い、長吉が硯箱《すずりばこ》と紙を用意した。

幹次郎も加わり、一刻余りをかけて白川の貸付帳を判読した。その結果、大口の金子を未だ返していない者は五人と判明した。

伏見町《ふしみちょう》　小見世　春風楼《しゅんぷうろう》　雛駒《ひなこま》　貸金元利五両三分二朱
揚屋町　中見世　大圀屋《おおくにや》　夏乃《なつの》　貨金元利三両二分一朱
京二裏　見番芸者　初香《はつか》　貸金元利二両三分
東河岸　切見世　小奴《こやっこ》　貸金元利一両一分三朱
西河岸　切見世　三矢《みつや》　貸金元利一両三百七十文

算盤《そろばん》を入れた仙右衛門が、

「貸した金は十四両二分二朱と三百七十文ですか、切見世に落ちた鉄砲女郎がなかなかの金貸し商売でございますな」

「番方、手元にもいくらか金子を残していたであろうな」

「噂にございますが、白川は相手がたしかなら十両くらいはいつでも融通すると朋輩に威張《いば》っていたそうでございますよ。それがたしかなら二、三十両は手元に残していたと思えます」

「貸した金と合わせて四十両余りも切見世女郎が貯め込んでいたか、西河岸も馬鹿にしたものではありませんな」

「七代目、東西の切見世合わせても懐にこれだけの金子を貯め込んでいるのは白川くらいにございますよ」

「でしょうな」

四郎兵衛が仙右衛門の言葉に相槌《あいづち》を打った。

「さてと、この中に神守様と長吉が開運稲荷で背中を見たという浴衣の女がいるかどうか」

「七代目、番方、目にしたのは一瞬だが浴衣の女はせいぜい十八か、いっても二十歳《はたち》そこいらの風情《ふぜい》にございました」

と長吉が幹次郎の意見を聞くように見た。

「そう、体にも腰にも張りがあったし、挙動《きょどう》も軽《かろ》やかだったように見受けました。それがしは十八、九かと思うておりました」

「となると切見世のふたりは外してようございますよ。なんたってふたりとも三十を超えておりますし、病持ちの小奴は腰を屈《かが》めて歩く癖がございますんで。また、三矢のほうは痩せぎすで肩が落ちてましてね、神守様がそれを見落とすわけもない」

「となると残るは三人に絞られたか」

「春風楼の雛駒ですがね、体つきが丸っこいんで。太りじしの様子がいいってんで客がついている女郎で、わっしらが見た楚々《そそ》とした後ろ姿とは似ても似つきませんぜ」

と長吉が春風楼の雛駒と浴衣の女は別人と示唆《しさ》した。

「残るはふたりだ」

「揚屋町の大图屋の夏乃は歳もそこそこ、柳腰《やなぎごし》の遊女で浴衣の女と似てないこともない」

と長吉が言い、

「小吉《こきち》父つぁんのところの初香も、神守様方が見た浴衣の女に体つきも年のころも似てますぜ」

と仙右衛門が言葉を添えた。

「長吉さん、ふたりに会うか」

幹次郎が傍らの刀に手を掛けた。

「お願い申します」

四郎兵衛が願い、幹次郎が頷いて長吉と一緒に裏口から蜘蛛道を通って大門前に出た。

幹次郎の予想より早く雨がやんでいた。

七軒茶屋をはじめ、仲之町筋の引手茶屋も験直しの宴の後片づけに入り、茶屋から追い出された女郎や客が待合ノ辻に集まっていた。そのせいで大門の内側は賑わいを見せていた。

大門には吉原会所の若い衆が見張りに立っていた。験直しの騒ぎに乗じて足抜《あしぬき》を企《くわだ》てる女郎がいないとも限らないからだ。

「裏同心どの、なんぞ手掛かりが摑めたか」

人込みの中から声がかかった。面番所の村崎同心だ。

「村崎様、白川の一件ならば七代目から面番所が引き取った事件ゆえ、おまかせするように命じられました。われらは廓内の見廻りにございます」

「おぬしの言葉を簡単に信ずるとえらい火傷《やけど》を致す。よいな、そなたはあくまで陰の者である。なんぞ探索の手掛かりがあれば即刻面番所に知らせるのじゃぞ、相分かったな」

「承知仕《つかまつ》りました」

と応じた幹次郎を村崎同心が手招きした。

「なんぞそれがしに用がござるか」

幹次郎が村崎同心に歩み寄ると、

「そなた、吉原会所に拾われて何年に相なるな」

と唐突《とうとつ》に質した。

「はあ、三年でしたかな。それがなにか」

「そのほう、この村崎季光に遠慮してか会所の出入り、裏口からなしておるな。それがしが知らぬと思うたか」

「いえ、まあ」

と幹次郎が曖昧《あいまい》に返事をした。

「そのほうがどこから出入りしようと、陰の身分を忘れておらぬなら見て見ぬふりをしておる。これでも根性《こんじょう》はねじ曲がっておらぬ、鷹揚な気性でな。そろそろ裏同心どのが表口から出入りすることを許そうと思う。有難くお受け致せ」

幹次郎はしばし村崎同心の言葉を吟味した。真意はどこにあるか知らぬが、ここは有難く承《うけたまわ》るべきかと思案した。

「さすが南町奉行所一の温情同心と評判の村崎様、こちらの気持ちまでお見通しとは感服《かんぷく》致しました」

「であろう。いいか、今後一層、この村崎季光の力を頼んで御用に励《はげ》め」

「力を頼んで、と申されますと」

「決まっておろうが。吉原での騒ぎを最後に始末するのは面番所のそれがしであ
る。金になりそうな騒ぎは早々にそれがしに伝えよと言うておるのだ。分かった
か」

大きく頷いた幹次郎が、

「はあ、せいぜい村崎どのの意に従いまする」

と素直に応じると、村崎は満足げな顔で面番所に入っていった。

「神守様、村崎同心の手招きはなんでしたな」

長吉が訊いた。

「大した用事ではなかったわ」

と答えた幹次郎と長吉は仲之町から揚屋町に曲がった。

大囲屋は揚屋町の中ほどにある半籬だ。

「神守様、大囲屋の楼主三右衛門《さんえもん》さんは阿漕《あこぎ》とは聞いておりません。夏乃も人柄
よく、細面《ほそおもて》の美形にございまして、なかなかの売れっ子女郎にございますよ。

その夏乃が三両ぽっちの金子をどうして白川から借りたか、最前から胸につっか
えておりましてね」

長吉が幹次郎に胸の迷いを訴えた。

中見世の売れっ子新造ならば、五両や十両の金子を都合してくれる客のひとりやふたりいることを幹次郎も承知していた。

「いかにもさようじゃな。まあ、主どのか女将《おかみ》さんに事情を訊けばはっきりしよう」

ふたりは大図屋の暖簾《のれん》を分けた。

長雨の夏の験直しの夜だ、楼の中がのんびりとしていた。

「御免なさいよ」

と長吉が声を張り上げると、

「今宵は休みにございますよ」

と男衆が姿を見せた。

「なんだ、会所の小頭か」

「ちょいと主の三右衛門さんか女将さんに会いたいのだがな」

「ふたりして帳場で酒を呑んでおられるよ。知らない仲じゃなし、通りなせえ」

と男衆に言われて、ふたりは履物を脱いだ。

「おや、長吉さんに神守様、ちょうどいいところにお出《い》でなさった。おかる、ふたりに膳を仕度しねえ。こちらも験直しだ」

とほろ酔い気分の三右衛門が言った。

「三右衛門さん、御用なんで」

「なんだって、酒を呑んでいるところに野暮用《やぼよう》か」

「すまねえ。これがわっしらの仕事にございましてね」

「なにがあった」

「へえ、西河岸の女が殺されましてね」

「鉄砲女郎が殺されたって。うちにどんな関わりがあるんだい」

三右衛門が気色《けしき》ばんだ。

「おまえさん、長吉さんの話を最後まで聞かないかえ」

女将のおかるに注意されて、三右衛門が黙り込んだ。

「殺されたのは白川って女なんで」

「あら、白川さんは昔京町かどこかの半籬の岩鶴楼でお職を張っていた女郎さんだね、今は金貸しをしているって話だけど」

「女将さん、よくご存じですね」

「だれだか、うちの抱えが話をしていたのを聞いたことがありますよ。またなんで白川さんが殺されたんで」

「そいつがまだはっきりとしないものですから、こうして伺《うかが》ったんですよ」

「伺ったって、会所じゃやたらめったらに訊いて回っているのかえ。それともなんぞ当てがあってのことか、長吉さん」

「白川の貸付帳にこちらの夏乃さんの名がございますんで」

「なんだって、夏乃の。あいつがいくら鉄砲女郎に借りたというんだい」

「三両二分と一朱なんで」

「そりゃおかしいよ」

即座に応じたのは女将のおかるだった。

「夏乃は売れっ子ですよ。なにも白川さんに頭を下げて三両ぽっち借りることもありませんよ。夏乃の客には身請《みう》けしたいって人もいるんですよ。それもひとりじゃない。そのどっちかに願えば十両程度はすぐに拵《こしら》えてくれますよ」

「そこだ、わっしも不思議とは思うのだが、こちらの楼の名も夏乃の名も記されているのははっきりとしていましてね。それでこうして参上したってわけですよ」

おかるが三右衛門を見た。

「小頭、うちじゃ、朋輩同士の金の貸し借りも禁じておりましてな、どうしても入用《いりよう》な金子は客か私に願えと口を酸《す》っぱくして命じてございます。夏乃が鉄砲女郎から金を借りた、まず間違いだね」

「とは思うんですが、人ひとりが左利きの奴に剃刀で首筋を撫で斬られたんだ。ほっておくわけにもいきますまい。面番所が調べるよりわっしらのほうがいいと思いませんかえ」

「どうすりゃいい」

「夏乃さんをこの場に呼んでくださいまし、さすれば白黒はっきりしますからね」

三右衛門がおかるに目で合図した。

女将に連れられてきた夏乃は、帳場に幹次郎と長吉がいるのに驚いた様子で敷居の前で立ち竦《すく》んだ。

「夏乃、主に内緒で西河岸の鉄砲女郎から金を借りたか」

三右衛門がいきなり詰問《きつもん》した。

はっ

とした夏乃が敷居際にへたへたと座り込み、突っ伏した。

「夏乃、ほんとうに鉄砲女郎から三両ぽっちの金子を借りたのか」

この様子に慌てた三右衛門の声が激《げき》して、帳場の外まで響き渡り、夏乃の体が震え出した。

「三右衛門さん、この場はわっしらにまかせてくれませんか」

長吉が三右衛門を制して、

「夏乃さんよ、わっしも旦那もおまえさんが白川から金を借りたとはどうしても思えないんだ。事情を話してくれませんかえ、決して悪いようにはしないからね」

長吉が夏乃に話しかけたとき、廊下に人影が立った。

「なんだい、お七《しち》、こっちは取り込んでいるんだよ」

おかるが怖い顔でお針《はり》と呼ばれる裁縫《さいほう》女のお七を睨《にら》みつけた。

がばっ
と夏乃の傍らに伏せたお七が、

「旦那様、女将さん、夏乃さんにはなんの罪咎《つみとが》もないんでございますよ、悪いのはすべて私なんです」

必死の声を張り上げた。

「なんだって。どういうことだ、お七」

「女将さん、私の孫が病にかかり、娘のところが医者代に困りまして、なんとか私がその五両の工面《くめん》をしようとしたのです」

「それで西河岸の白川に頼ったか」

「旦那様、そしたら、お針じゃ金は貸さない。女郎さんが名を貸してくれるなら金子を用立てると言われて、いったん諦めました。そのことを知った夏乃さんが私の名なら使っていいよと申し出てくれたんです」

「なんてことを」

おかるが絶句した。

「旦那様、女将様、五両の借金は少しずつ返しております、あと一年もすればさっぱりとするはずです、許してください」

お七が主夫婦に必死に願った。

「旦那、女将さん、およその事情は分かりました」

「すまない、面倒かけて」

女郎の夏乃に関わりがないと知って三右衛門には、ほっとした様子が見えた。

「夏乃さん、念のためだ」

まだ座敷の畳に突っ伏した夏乃に長吉が問い質した。

「今宵、験直しに仲之町に出向かれたか」

「行きましたよ、朋輩と一緒に山口巴屋さんで甘いものをご馳走《ちそう》になったと嬉しそうな顔で戻ってきましたよ」

おかるがまだ顔を伏せたままの夏乃に代わり、答えた。

「浴衣を着ていきなさったろうね、染模様はどんなものだえ」

と訊く長吉に今度はお針のお七が、

「大川に上がる花火が裾模様に染め出された浴衣です」

と即座に応じた。お七が仕立てた浴衣なのだろう。

長吉がお七に頷き、三右衛門とおかるに視線を向けた。

「まず夏乃さんの疑いは晴れました。わっしらはこれで失礼致しますが、お七さんの始末、できることとなれば寛大《かんだい》に願います」

長吉が願うと、夏乃も初めて顔を上げて、

「旦那様、女将様、お願い申します。残りの借金、私が代わりに払います」

とふたりを伏し拝《おが》んだ。

「夏乃、人がいいにもほどがあるよ。金の貸し借りに名なんぞを貸すから、こんな騒ぎに巻き込まれるんですよ」

と三右衛門が夏乃を叱《しか》り、

「小頭、世話をかけた。お七の件はうちにまかせてくれ」

と願った。

二

京町二丁目裏に見番があるのには、それなりに曰《いわ》くがあった。

御免色里と呼ばれる官許《かんきょ》の遊里吉原の主役は、遊女衆であることに違いはない。だが、遊び慣れた通人客らをもてなすのに、遊女衆だけで座敷が賑わうわけではない。太夫を中心に振袖新造、番頭新造、禿が侍《はべ》る座敷にいつのころからか女芸者や男芸者が呼ばれて、芸を披露して色を添えた。

男芸者、幇間は座を笑いに誘い込む芸で盛り上げ、女芸者は喉を披露して三味線などを弾《ひ》いた。だが、女芸者が客に媚《こび》を売り、同衾《どうきん》することは御法度《ごはっと》だった。

女芸者、男芸者を束《たば》ねる見番を組織したのは、大黒屋正六《だいこくやしょうろく》だ。その背後には御三卿《ごさんきょう》の一橋治済《ひとつばしはるさだ》が控えていた。吉原会所の力を削《そ》ぎ、吉原の莫大な利権を狙おうとしたことがあった。

吉原の妓楼の膳部は、当初楼の台所で作り、客に供していた。だが、やがて料理を専門に請け負う店、喜《き》の字屋《じや》とか台屋《だいや》と呼ばれる仕出し屋が生まれた。

今では五軒の仕出し屋、喜の字屋が吉原の座敷の料理を仕切っていた。

この五軒の一軒、一乃瀬《いちのせ》が左前になったとき、大黒屋正六がその建物を買い取り、女芸者、男芸者を組織する見番を京町二丁目裏に造り上げた。急激に力をつけた大黒屋は、幕閣の反田沼派とつながりを持って、吉原の実権を握ろうとした。

そのとき、四郎兵衛は水道尻の番太の小吉を使って、組織された見番頭取の大黒屋正六を罠《わな》にかけ、一味を討ち取った。

小吉は元々義太夫《ぎだゆう》の小吉と呼ばれる粋人《すいじん》だったが、喉を潰して吉原の番太に落ちぶれていたのだ。

この騒ぎ、吉原会所七代目頭取の四郎兵衛らの勝利に終わった。

そのとき、四郎兵衛は、吉原に歌舞音曲《かぶおんぎよく》を担当する芸人を監督、差配《さはい》する組織の必要性を感じ取り、大黒屋正六が組織した見番を残すことにした。そして、なんと二代目の頭取に番太の小吉を抜擢《ばつてき》したのだった。

神守幹次郎は、吉原会所と見番の大黒屋正六一派との対決に参戦して、小吉の下で新装なった見番誕生を見ていた。

幹次郎と長吉は、足元の泥濘を気にしながらも京町二丁目の蜘蛛道の一本に入り込み、路地までさんざめく声が漏れる吉原見番の前に立った。

裏路地にあるとはいえ、その昔、喜の字屋の一乃瀬の建物だっただけに二階屋はそれなりの建坪《たてつぼ》を持っていた。

見番の一階は芸人衆の稽古場に使われ、二階は女芸者の住まいであったことを幹次郎は思い出していた。さらに一乃瀬時代に地下を掘り下げ、周囲の壁を石積みにして米、味噌、油などを保管する食べ物蔵《ぐら》にしていた。

幇間などの男芸者は吉原の外に住んで廓内に通ってきた。

今宵の験直しの宴にも見番芸者が多く参加して、待合ノ辻の舞台で芸を披露して、賑やかにしていた。そんな芸者連が見番に戻って呑み直しているのか、女だけのざわめく声が戸口まで伝わってきた。

狭い表口はきれいに片づいて、上がり框の上の壁に名札がかかり、吉原見番に所属する男女の芸者の数を示していた。五十数枚もの木札はすべて白字ばかりだった。裏に返されると朱字に変わり、それは仕事に出かけていることを示していた。長雨がやむのを祈る験直しの宵、だれも仕事はしていないので白文字の名札ばかりの行列だ。

「御免よ」

と長吉が声を上げると、

「だれだい、今晩は験直しだ。座敷からお呼びなんぞかからない約束じゃございませんかえ」

と二代目見番頭取の小吉自らが表口に姿を見せた。少し腰が曲がり加減の小吉が両目をしょぼつかせてふたりを見ていたが、

「会所のお歴々《れきれき》かえ。見番《うち》に酒を呑みに来た風でもないが」

と呟いた。

「小吉の父つぁん、御用だ」

ふーん、と鼻で返事をした小吉が、

「おれの住まいに行くかえ、あすこならだれにも邪魔をされることはない」

幹次郎と長吉のふたりは招《しょう》じられるままに框に上がり、廊下の一角に開いた狭い階段を伝って地下へと下りた。

その昔、米、味噌、油を保管する食べ物蔵だった地下の広さは、およそ二十数畳ほどか、やはり階段を下りた辺りの壁は、食べ物の保管場所になっていて、棚

にあれこれと品物が積まれていた。

狭い廊下を進むと頭取小吉の居間を兼《か》ねた寝所の六畳と三畳が有明行灯の灯りにおぼろに見えた。

「地下は息苦しいと思うだろうが夏は涼しく、冬は暖かいで、生きながらにして極楽にいるようだよ」

と小吉が笑った。

どこかに風が通る穴でもあるのか、部屋に風が吹き込んでいた。行灯の灯心を掻き立てると、有明行灯の火を移した。するとぼおっと部屋の様子が明るく浮かび上がった。

地下座敷はあるべきところに物がきちんと収まり、きれいに整頓《せいとん》されていた。小吉の気性だろう。

「さすがに義太夫の父つぁんだ、住まいまできちんとしていらあ」

「小頭、棺桶《かんおけ》にしては石造りで立派だろう、まるで神君家康《しんくんいえやす》様の霊廟《れいびょう》のようじゃねえか。もっとも日光《にっこう》にも久能山《くのうざん》にも詣でたことはないで、霊廟がどんな造りかおれは知らねえが」

「いや、地下にこんな座敷を作ったなんて知らなかったぜ」

「こっちには行灯以外、火の気がないんだ。茶も出ないがいいかね」

「御用と言ったぜ」

「小頭、厄介ごとか」

「初香に借財があることを承知かね、父つぁん」

「だれから銭を借りて、初香め、揉めごとを起こしたんだ」

「西河岸の白川って切見世女郎に二両三分の借財を持っていたようだ」

「あいつ、このところ、男に入れ上げていたようだからな、鉄砲女郎から金を借りても不思議はねえ」

「今晩、いるかえ」

と長吉が手で地下座敷の天井を指した。まだ芸者連の呑み会は続いているのか、ざわめきが地下座敷まで伝わってきた。

「いや、今日は休みを取って外に出ている。初香の実家は川向こうでさ、二、三日前から母親の具合がよくないので見舞いに行かせてくれと願っていたんでね、雨で仕事もそうないや、おれの許しを得て朝から出かけていったよ。もっとも実家なんぞに戻ったはずもない、水茶屋《みずぢゃや》辺りで男と一緒と見たがね」

と小吉が応じた。

女郎衆と違い、芸を売る芸者は廓内に縛られることはない。ために老練《ろうれん》な三味線弾きになると廓外《そと》から通ってくる者もいた。だから、頭取の小吉が許しを与えれば、初香が外に出ることは差し障りはなかった。むろん大門の面番所できちんと出入りを申告せねばならなかった。

「男というのは客じゃあるまいね」

と長吉がそのことを気にした。

吉原に来る客は遊女が目当てだ。それに芸者がちょっかいを出したり、客から誘われて廓外で会うなどということは禁じられていた。

「ああ、近江屋《おうみや》三八《さんぱち》の奉公人の柳吉《りゅうきち》だ」

小吉は支配下の芸者の暮らしぶりをちゃんと見ていた。

「女衒《ぜげん》の柳吉か、厄介な男が初香の相手だな」

「何度か注意をしたんだが、いったんついた女の火はなかなか消せねえや。一度火傷しなきゃあ、分かるまいと思っていたがね。柳吉に銭を搾《しぼ》り取られて、鉄砲女郎に金を借りたか」

と小吉が初香の立場を推測した。

「若いわりに喉もいい、三味線も琴も上手なもんだ。月々それなりに稼ぎがあったはずだがね。この前から病のおっ母《か》さんに治療代《じりようだい》を渡したいなんて前借りを申し出てきたからさ、何度か前借りを許したあと、叱りつけてもう二度と前借りはさせないと断わったんだ」

「それで西河岸の白川に頼ったか」

「そんなところだろうな。白川さんから会所に訴えでもあったか」

「小吉の父つぁん、そうじゃねえ。この宵まぐれ、白川の切見世を浴衣を着た女が襲って、剃刀で首筋を撫で斬っていきやがった」

「なんだって」

と驚きの声を上げた小吉が、

「まさか初香が殺《や》ったと思っているんじゃやねえだろうね」

「白川に借金をしていた者を次々に当たっているところだ。初香と決めつけているわけじゃやない」

「初香が二両三分ぽっちの金で白川を殺すものか。もっとも柳吉にしゃぶられてってことも考えられないわけじゃないが、まず今宵は出合《であい》茶屋で柳吉にいたぶられていたと思うがね」

小吉も初香の惚れた男が女衒の柳吉だけに、初香を信じていいかどうか迷う風があった。

「初香は今晩じゅうに戻ってくるんだろうな」

「四つまでには戻れと命じてある」

あと半刻《はんとき》（一時間）ばかり時間があった。

「ふたりが会う出合茶屋を知るまいな」

「朋輩が白鬚《しらひげ》ノ渡《の わた》し場の傍《そば》、橋場町《はしばちよう》のつゆ草《くさ》とかいう出合と言っていたが調べたわけじゃねえ」

「初香の出かけた折りの形はどうだ」

「紬《つむぎ》に夏羽織を着ていたと思ったがな。芸者が女衒の手管《てくだ》に引っかかって、どうしようというんだ。困ったもんだぜ。神守様、なんとか性根を叩き直してくれませんかね」

小吉がうんざりといった口調で幹次郎に願った。

「頭取の小吉どのの忠言を聞かぬ娘がどうして裏同心の言葉など聞こうか。熱が冷めるのを待つしかあるまい」

「まさか柳吉に入れ上げて、白川に剃刀なんぞ振り翳す娘とも思えないがね」

と応じる小吉に辞去《じきよ》の挨拶をしたふたりは吉原見番の地下座敷から表口への階

段を上がった。

「神守様、女衒の近江屋三八を承知ですかえ」

長吉が幹次郎に問うたのは、衣紋坂《えもんざか》を上がって見返り柳を横目に山谷堀《さんやぼり》に架かる橋を渡ろうとしたときだ。

「これまであまり縁がないように思えたがな」

女衒とは関八州《かんはっしゅう》をはじめ、ときには陸奥一円にまで足を延ばして、吉原の米櫃《こめびつ》になりそうな娘を安く買い叩き、ときには勾引《かどわか》しをしてまで江戸に連れてこようという遊女の斡旋人《あっせんにん》のことだ。こんな連中だけに女を騙《だま》すなんてことは朝飯前、入牢《じゅろう》を恐れる手合いは女衒になれなかった。

吉原にとって女衒は必要悪、闇の者たちであった。

「これから前を通って参りますがね、女衒なんて手合いは大体一匹狼《おおかみ》だ。出入りの楼の注文で娘をあれこれと集めてくるんですが、近江屋三八は、十何人もの女衒を抱えて、一年に何百人もの娘を売り買いしようという女衒の輩にございまして、吉原ばかりか四宿《ししゅく》の女郎屋にも網を張る親玉なんで」

「柳吉って女衒は近江屋の奉公人じゃな」

「へえ、近江屋の女衒は連れてきた娘が売れて初めて、何分か何割かの歩合《ぶあい》を近江屋からもらうんで。柳吉は近江屋の中でも三指《さんし》に入ろうって腕利きの女衒でしてね、女《すけ》こましの柳吉で通ってますので」

「初香は柳吉の手練手管に引っかかったか」

「神守様、やつに会うと分かりますが、一見優男《やさおとこ》で顔も整ってますのさ。これで在所の娘も騙してきたんで。だが、なんぞ揉めごとがあれば、迷いなく懐に呑んだ匕首《あいくち》を使う手合いでございますよ」

ふたりが早足で千住大橋《せんじゆおおはし》に向かう途次《とじ》、浅草山谷町《さんやまち》に差しかかった。

長吉の足が止まり、軒屋根の上に、

「近江屋三八」

とだけ書かれた看板を掲《かか》げた家を指差した。間口は十間（約十八メートル）ほどだが、奥行が深そうな敷地で大戸を閉じた近江屋は森閑《しんかん》としていた。

「奥に二棟の蔵がありましてね、在所から連れてきた娘らを閉じ込めておくのだそうで」

と説明した長吉がふたたび歩き出した。

「会所にとって近江屋は、見て見ぬ振りをしている連中でしてね、正直厄介を起こしたくない相手なんで」

と長吉が言い、山谷の寺町《てらまち》に入っていった。

幹次郎は橋場町のつゆ草という出合茶屋がどこにあるか知らなかった。だが、長吉の足取りはたしかで、いつしか長昌寺《ちようしようじ》の門前の今戸町《いまどちよう》に入っていた。

「柳吉には触れないほうがよいのかな」

「いえ、そうじゃございません。切見世の鉄砲女郎であれ、人ひとりが殺されている一件だ。下手人がだれだろうと、ふん縛《じば》り、面番所に突き出すのが御用でございますよ。まあ、できることとなれば近江屋と切り離しておきたいというのが正直なところでやすな」

「せいぜい心がけよう」

「神守様にご注意申し上げることでもないが、柳吉は匕首を遣《つか》わせてもなかなかのものだそうで、当人も在所で人を殺したのも一度や二度ではないなどと威張っているそうです。油断は禁物にございますよ」

と長吉がさらに言葉を重ねた。

出合茶屋つゆ草は、隅田川の右岸の浅草橋場町にあって、船が往来するたびに波が打ち寄せる音が聞こえる岸辺に建っていた。

渋い檜皮《ひわだ》葺《ぶ》きの門に立ったとき、男女ふたりがもつれ合うように出てきた。

門柱に掛けられた灯りに男女の横顔が見えた。

「初香」

と長吉が呟き、男女が幹次郎らに気づいたと見えて、初香は顔を伏せたが痩せぎすの男は、

「会所じゃあ、男同士で茶屋に入るのが流行《はや》りか」

と揶揄《やゆ》するように言った。

幹次郎は初香が小吉の言ったように白地の紬に夏羽織を重ねているのを見た。まず白川を殺した下手人ではないことはたしかだった。だが、念を押すのが会所の務めだった。

「近江屋の柳吉さんか」

「小頭、初香と漏らしたが、おれっちに用事か」

「致し方ねえ、正直に答えよう。初香姐さんにちょいと訊きたいことがあってね」

「訊きねえ、おれの前でよ」

と柳吉が平然と言った。

「いいのかえ、初香姐さん」

「手間は取らせないでくれ」

初香が答える代わりに柳吉が催促した。

「柳吉さん、初香姐さん、この茶屋に入ったのは何刻《なんどき》ですね」

「昼過ぎ八つ半（午後三時）かね、それがどうした」

「初香姐さん、たしかで」

初香がこくりと頷いた。

「そのとき以来、この茶屋から一歩も外には出ておられませんで」

「初香と乳くり合っていたんでよ、外に出る暇なんぞあるものか。長吉、なにが狙いだ」

柳吉が長吉の名を呼び捨てにして苛立《いらだ》った。

「そいつはおまえさんには言えねえことだ」

「なんだと、こっちが大人《おとな》しくしているのをいいことに逆上《のぼ》せ上がるのもほどほどにしねえ」

と初香の体から離れた柳吉が半身《はんみ》に構えて片手を懐に入れた。匕首の柄《つか》にでも手を掛けた風情だ。

「柳吉さん、人ひとりが殺された騒ぎの訊き込みだと言っておこう」

「てめえ、言うに事欠いておれっちに人殺しの罪をなすりつけようという算段か」

柳吉の両目が細くなり、幹次郎と長吉を等分に睨んだ。

「やめておきなされ、小頭はただ尋ねていなさるだけだ」

と幹次郎が柳吉を制した。

「野郎、近ごろ会所の用心棒がのさばっているそうだな。おれっちがいて、吉原が成り立っているってことを忘れるな」

「重々承知だ、女こましの柳吉さん」

「てめえ、言いやがったな」

柳吉の肩が下がり、その姿勢のままに幹次郎に向かって突っ込んできた。

幹次郎は柳吉の前で匕首が抜かれ、翻《ひるがえ》るのを確かめると、

すいっ

と先手を取って踏み込み、突き出された匕首を躱《かわ》すと柳吉の腕を小脇に搔《か》い込んで、足を払った。

柳吉の体が虚空に浮き、どさりと横倒しに転がった。それでも柳吉は匕首から手を離そうとはしなかった。

幹次郎は匕首を握った手を草履《ぞうり》の先で蹴り、匕首を暗がりに飛ばした。

「柳吉さん」

と初香が声を上げた。

泥濘の中からゆっくりと立ち上がった柳吉が、

「会所の用心棒、この借りは必ず返す、覚えておきな」

と吐き捨てるとその場に初香を残したまま、独り山谷町の方角に姿を消した。

「すまない、小頭。つい、柳吉の挑発に乗ってしまった」

幹次郎が長吉に詫び、長吉が頷くと、

「初香姐さん、手間を取らせるが道々話を聞かせてくれないか」

と願った。

三

幹次郎と長吉が会所に戻ったのは、四つ過ぎの刻限だ。初香を京町二丁目裏の見番まで送り、小吉爺さんに身柄を預けると長吉が、

「およその事情は摑めた。あとは頭取のほうで面倒をみてくんな」

た。

と願ってきたのだ。

会所では七代目と番方らが待ち受けていたが、若い衆は廓内の見廻りに出てい

「ご苦労さんでした」

と迎えた四郎兵衛と仙右衛門に長吉が大冏屋の夏乃、見番芸者の初香の借財の事情を説明し、

「そんなわけで夏乃はお針のお七に名を貸しただけ、初香は近江屋三八方の女衒の柳吉に入れ上げて、つい白川に頼ったってことが分かりました。初香ですが柳吉と一緒につゆ草の離れに昼過ぎからいたことが分かっておりましてね、つゆ草の帳場でも確かめて参りました。むろん、出合茶屋に分からないようにつゆ草を抜け出し、廓内に戻って白川を剃刀で撫で斬るってことができないわけじゃございません、ですが、その場合、柳吉と共謀《きょうぼう》しなければできっこない。柳吉が鉄砲女郎を始末する手伝いをするとも思えませんしね、まずこの線も消えたとみてようございましょう。それに初香は右利きにございました」

と報告した。

「白川に借金した五人悉《ことごと》く、白川を手にかけていないということになったか」

四郎兵衛が首を傾げた。

「左手の利き腕でひと撫で。あの殺しのやり口からみて、白川に恨《うら》みを抱く者の所業《しょぎょう》にございましょうかな。ともかく振り出しに戻ったってわけだ」

と仙右衛門が言い出した。

「番方、私どもはどうやら見当違いのほうを探していたようだ。明日から西河岸の朋輩を改めて丹念《たんねん》に訊き込みしようか」

「七代目、それしか手はないようですね。それにしても浴衣の女はどこへ消えやがったか」

と番方の最後の言葉は自らに問うていた。

幹次郎の胸に小骨のようなものが痞《つか》えていたが、それがなんなのか思い当たらなかった。

「七代目、番方、初香の訊き込みで近江屋の柳吉と揉めてしまいました。吉原会所に面倒をかけたのではないかと案じております」

と幹次郎は詫びた。

「いえね、このところ私どもにも近江屋が阿漕な娘買いをやっておるとの訴えが二、三では留《とど》まりませんでな、そのために奉行所からきつい忠告を受けた矢先にございました。近々近江屋三八を呼んで、娘買いの実態について報告させねばなるまいと思うていたところです」

と四郎兵衛が応じて、

「ここんところ近江屋が急にのさばってきたことはたしかですよ、七代目。近江屋め、どこぞのだれかと手を結んだということはございますまいな。いえ、なにか確信があってのことではございませんがね」

仙右衛門が言い出した。

「番方、三八と会ってみればおよその見当はつこうというものですよ。すべては明日から仕切り直しだ」

四郎兵衛が答えたところに、

「お父つぁん、皆さん、夕餉《ゆうげ》をまだ食しておられぬのでございましょう」

と声がして、玉藻が山口巴屋の女衆《おんなし》と一緒に香《こう》のものを添えた握りめしと大鍋のしじみ汁を運んできた。

「ただ今戻りました」

そこへ折りよく夜廻りを終えた会所の若い衆が戻ってきて、幹次郎も若い衆と一緒に夕餉の握りめしを食し、しじみ汁を啜《すす》って、会所をあとにした。

引け四つ（午前零時）にはまだ半刻の間《ま》があった。

だが、いつもは開いているはずの大門は、験直しの宴のために廓は開店休業、すでに閉ざされていた。

幹次郎は金次に見送られて通用戸を潜《くぐ》って外に出た。

「気をつけなすって」

金次の声とともに戸が閉じられた。

幹次郎の前に長雨が造り出した泥濘の五十間道が延びて、常夜灯にでこぼこに浮かんでいた。そして、大きくうねった五十間道の真ん中に長々と筵が敷かれた道が細く延びていた。

幹次郎は筵道を伝って、最前往復した山谷堀へと上がっていった。

外茶屋のどこで鳴くのか犬の吠《ほ》え声がして、茶屋の軒上にいた猫が呼応するように鳴いた。

五十間道の中ほどに差しかかった。夏の四つ半（午後十一時）前というのに人の往来はなかった。すべて異常とも思える長雨のせいだ。

「験直しをやったのだ、明日から様子が変わるとよいのだがな」

と幹次郎は独り言《ごと》を呟いた。

視線の先に人影が浮かんだ。

ふたつの影のひとつは着流しの腰に刀を落とし差しにし、もうひとつは大小を手挟《たばさ》んでいた。

幹次郎は後ろを振り返った。

背後にも手槍のような得物《えもの》を持った武芸者風の影が三つ確かめられた。後ろの三人には半丁（約五十五メートル）ほど間があり、前方のふたりは二十間（約三十六メートル）ほど先の筵道を塞いで立っていた。

幹次郎は鯉口《こいぐち》を切って前方へと歩いていった。

間合が縮まり、五、六間（約九〜十一メートル）となったとき、背後の三人が一気に駆け寄る気配があった。

幹次郎は和泉守藤原兼定を抜くと片手八双《はっそう》に突き上げて前方へと走った。

筵道の左右は泥濘、逃げようがない。だが、狭い筵道のせいで相手は何人いようと幹次郎にひとりずつしか応じられなかった。

間合が縮まり、落とし差しの浪人の細身の剣が突きの構えを取って腰が沈んだ。

きええっ

幹次郎の口から奇妙な気合が漏れて、腰を沈め、伸び上がった反動の力で跳《ちょう》躍《やく》した。

虚空に浮かぶ幹次郎は片手八双の柄にもう一方の手を添えた。

飛翔から下降に移った。

幹次郎の前方を塞いだふたりは、薩摩《さつま》示現流《じげんりゅう》の跳躍力を甘くみていた。

幹次郎の体はふたりの頭上を越えて背後に膝を折って着地していた。

くるり
と振り返った両人の武芸者のうちのひとりが着地した幹次郎の脳天に刀を叩きつけてきた。

その瞬間、腰を沈めたまま、幹次郎の両手に保持されていた兼定が踏み込んできた相手の胸に一瞬早く突き上げられていた。

げえぇっ
と最初の絶叫が五十間道と衣紋坂の境辺りに起こり、相手の体が横倒しに泥濘に転がった。

その瞬間、着流しの浪人剣客が落とし差しの刀を幹次郎に上段《じょうだん》から見舞ってきた。

幹次郎は腰を沈めた姿勢で突き上げた兼定を手元に手繰《たぐ》り寄せると相手の胴に向かって鋭く引き回していた。

低い構えの胴斬りが一瞬早く決まり、着流しの浪人剣客の体がもんどり打って泥濘へと崩れ落ちた。

そのとき、幹次郎の背後の三人が戦いの場に駆けつけてきた。

待ち伏せの五人に対し、先手を取ったのは幹次郎の跳躍と剣さばきの早業《はやわざ》だった。

「やりおったな」

と手槍を構えた三人目が叫んだ。

夏の終わりだというのに革《かわ》の袖なしを着込んだ浪人の前に幹次郎がゆっくりと立ち上がった。

「それがし、吉原会所に世話になる神守幹次郎である。それを承知の狼藉《ろうぜき》か」

幹次郎の落ち着き払った声音に手槍の浪人が黙り込んだ。

「磯部《いそべ》、代われ」

と四人目の剣客が手槍の磯部と筵道で位置を変えた。

道中袴《どうちゅうばかま》の剣客の刀は未だ鞘の中だった。

「用心棒ひとりと聞いてきたが、なかなかの腕前じゃな」

と道中袴が幹次郎に言いかけた。

「そなたら、だれに頼まれた」

と問いながら、蔵前の新興勢力香取屋武七が抱える寛政刷新組ではないなと推測をつけていた。となれば、最前諍いを起こした近江屋三八の女衒、柳吉の差し金の手合いか。

「女衒の柳吉に頼まれたか」

「そなたがこれほどの腕前とは知らされずに仕事を請け負ってしまった」

「やはり近江屋三八の用心棒どのか」

「東海林《しょうじ》一刀流《いっとうりゅう》浜西《はまにし》秦之丞《しんのじょう》、いずれ日を改める」

と相手が答えた。

「こちらの身許《みもと》は知られておる。逃げも隠れもできぬ、いつでも参られよ」

幹次郎はそう言い残すと兼定を片手に保持したまま、するすると見返り柳辺りまで後退《あとじさ》りに筵道を上がった。

浜西ら三人は幹次郎の退却を眺めていたが動く気配はなかった。

それを確かめた幹次郎は血振りをした兼定を鞘に戻して、浅草田町《たまち》の左兵衛《さへえ》長屋へと戻っていった。

木戸口で尾行する者があるかないか確かめた幹次郎はその足で井戸端に向かい、汲《く》み置きの桶の水で顔と手足を洗い、手拭いで拭《ふ》いた。

長屋に灯りが点っているのは幹次郎の住まいだけだ。

「姉様《あねさま》、ただ今戻った」

と声をかけるとすでに気配を感じ取って土間に下りていた汀女が心張棒《しんばりぼう》を外して戸を開けた。

「騒ぎに巻き込まれましたか」

「察しておったか」

「いきなり井戸端に行かれましたからな」

「五十間道で前後を挟まれてな、小競り合いがあった」

「血の臭いが致します」

「すまぬ」

と幹次郎は年上の女房に謝った。

「これが私どもの御用にございますれば致し方ございませぬ」

「姉様、験直しの宴、覗きに来られなかったな」

「今宵は遊女衆の骨休め、長屋に一日おりまして日ごろ溜まっていた繕《つくろ》いものなどをしておりました。なんぞございましたか」

幹次郎は腰から外した刀を汀女に渡して、

「西河岸の白川という女郎が殺された」

と顚末《てんまつ》を語った。

「われら、最初、白川から用立ててもらった客の中に下手人がおるのではと、借財を残しておる女五人を調べたが、だれも該当する者はおらなんだ」

と幹次郎は夏乃ら五人の調べを長屋に一日いたという汀女に話した。話を聞きながら汀女が麦茶を出してくれた。

「人というもの、借財の多寡《たか》で殺しを考えるとは限りますまい。人によっては二朱の借金に思い悩んで、挙句の果てに剃刀を懐に忍ばせて白川さんに掛け合いに行く方もございましょう」

「姉様は、白川の客をすべて調べよと申されるか」

「いえ、雛駒さんの五両三分二朱もどなたかが借りた二朱の借財も動機は一緒と申し上げたかっただけです。おそらく白川さんの客すべてを調べても、殺しまでする人がいるかどうか」

「そこだ。それがしもな、殺しの動機《どうき》が金ではないような気がしてな」

「それはまたどうしてそのようなことを考えられますな」

「開運稲荷で見た浴衣の女じゃが、背から漂う感じは数両の借財に思い悩む姿とは思えなかったのだ。それよりなにか意を決した感じが漂ってきたように思うたのだ」

「幹どのの勘は当たっておりましょう」

と汀女が言い切った。

「白川さんはもはや盛りを過ぎた女郎さん、その浴衣の女は若いお女郎だったのですね」

「われら、背を一瞬見ただけによって、断言できるわけではない。だが、長吉どのもそれがしも浴衣の女が二十歳前後、あるいは、それより一つふたつ若いと見たのは、傷口の勢いかのう。剃刀であれほど斬りつけるには、力が溢れた娘でのうてはできまいと考えたのかもしれぬ」

「白川さんと浴衣の娘の間にはなにか怨讐《おんしゅう》が横たわっているのでしょうか」

そこだ、と答えた幹次郎は、胸の奥に痞えていた小骨がちくりと刺したように感じた。

「待てよ、半籬の抱え女郎の白川が落ち目になったきっかけも朋輩となにごとか揉めごとがあって、双方が剃刀を持ち出して斬り合った騒ぎだったはずだ。なんでも楼では面番所に金子を贈って内々で揉み消したそうな。白川の全盛というから二十年近く前のことではないか、この騒ぎとこたびのこと、関わりがあるかどうか」

と幹次郎が自問した。

「幹どの、白川さんはいくつにございますな」

「最近は客も取らず、金貸しで切見世の借り賃も支払っていたようだ。吉原で奉公する遊女衆は、急に容色《ようしょく》が衰《おとろ》える者もおるでな、なんとも言えぬが三十八、九になっているのではあるまいか。それがどうかしたか」

「いえ、騒ぎの相手の遊女はどうしたのでございましょうな」

「そこまでは長吉どのに訊かなかった」

幹次郎は冷えた麦茶を飲みながらしばし沈思した。

「この一件と関わりがあるとは言い切れぬが、われらが方向違いを探索していたことだけはたしかじゃな」

「なんぞ思いついたことでもございますか」

「いや、ない。ひと晩頭を休めればなんぞ考えが浮かぶかもしれぬ」

「それがようございますよ」

とその話はそれで終わった。

「薄墨太夫が待合ノ辻に設けられた舞台で、琴を披露したそうな。それがしは聞けなかったが大勢の人々が薄墨太夫の隠れた芸に驚かされたようであった」

と幹次郎が汀女に告げたのは床《とこ》に入ってからだった。

「加門麻《かもんあさ》様は武家の出にございますぞ、幹どの。婦女教養百般、芸事はお婆様から厳しく仕込まれたのでございます。琴も古八橋流《こやつはしりゅう》を厳しく教え込まれたそうな、麻様が琴を奏《そう》されたのなれば、私も聴きとうございました」

「そうか、古八橋流の名手であったか、それは夫婦して惜《お》しくも機会を逸《いっ》したな」

と幹次郎が答えて、なにごとか考えているのか沈黙した。

「幹どの」

と汀女が年下の亭主の名を呼んだ。すると幹次郎の寝息が汀女の耳に聞こえてきた。

「わが亭主どのに全盛を誇る薄墨様が惚れなされたとは、女房の気持ちも知らいでようも眠りに就かれるものか」

と汀女の呟きがして、

「姉様もやきもきするものよ」

と言い足した。


次の朝、江戸はそれまでの長雨が嘘のようにからりと晴れた。

幹次郎は田町二丁目の湯屋、花の湯《はなゆ》に朝風呂に浸《つ》かりに行った。すると船宿牡《ぼ》丹屋《たんや》の老船頭政吉《まさきち》の白髪《しらが》頭が湯に浮いていた。

「おや、政吉どのも朝風呂に来ておられたか」

「こりゃまた神守様、朝風呂で会うなんて珍しゅうございますね」

口調から察するに政吉は毎朝決まった時間に朝風呂を楽しんでいるようだった。

「わっしらの仕事は夜が遅い代わりに朝は暇にございますからね、若い連中は床の中にございますが年寄りは早く目が覚めていけねえや」

「なんとも贅沢な日課にございますな」

幹次郎の言葉に笑った政吉が、

「長雨も打ち止めにございましょう、また暑さがぶり返してきますぜ」

と予想して、

「西河岸の金貸し女郎の白川が殺されたそうですね」

「さすがに政吉さんは早耳だ」

「ただ今の薄墨太夫や高尾《たかお》太夫とは比較になりませんがね、白川の全盛のころもなかなかの威勢でしたよ」

「白川さんの凋落の因《もと》は朋輩と諍いを起こして、剃刀で斬り合ったことがきっかけじゃそうな」

「さすがに神守様にございますな、二十年近く前の出来事を承知にございますか」

「小頭の長吉どのにちらりと聞いた話でございましてね、それだけのことです」

と応じた幹次郎は何気なく政吉に訊いた。

「政吉さんは覚えておられるようだ。白川さんと諍いを起こした朋輩はただ今どうしておられますな」

「神守様、こたびの殺しと関わりがあると言われるんで」

「いえ、そのようなことは考えておりません。正直申して白川さんをだれが殺したか、われら、いささか方向違いを探索して半日無駄にしました。本日から振り出しに戻って、新たな調べを始めます。それで白川さんのことをなんでも知っておきたいと思っただけにござる」

そうでしたか、と応じた政吉が両手で湯を掬《すく》い、日に焼けた顔をごしごしと洗い、皺《しわ》の刻まれた顔を幹次郎に向けた。

「白川と染吉の刃傷沙汰が尾を引いているってことはありますまいな」

と政吉が汀女と同じことを言った。

四

幹次郎は吉原会所に立ち寄る前に京町一丁目に向かった。殺された白川が看板遊女だった妓楼の岩鶴楼は、代替わりしてただ今では海老屋《えびや》と名を変えていた。

朝から夏らしい爽《さわ》やかな日差しが戻ってきて、泥濘の表面は早《はや》乾き始めていた。だが、長雨のいたずらでその上に足を乗せようものならば、ずぶずぶと埋まった。

幹次郎が筵道に立って海老屋を覗いていると、暖簾を分けて番頭の壱蔵《いちぞう》が姿を見せた。

「おや、見廻りですか、神守様」

「番頭さん、この楼の先代は岩鶴楼だったそうですね」

「明和《めいわ》（一七六四〜一七七二）年中の話ですよ、またそんな古い話をなぜ持ち出されますな。ははあ、西河岸で白川さんが殺されたって話だ。白川さんは岩鶴楼の看板女郎だったってんで、岩鶴楼があった京町一丁目を覗きに来られたか。神守様、岩鶴楼から海老屋と楼の名を変えただけではございませんよ。楼の主も遊女もすべて一新して、岩鶴とはなんの関わりもございませんよ」

「おや、番頭さんの勘は冴えておられるな」

「図星でしたか」

「いや、正直申して白川が殺された一件、まるで手掛かりが摑めておりません。そこで白川に関わる吉原のあちこちを覗いて歩いているだけの話、なにも魂胆《こんたん》があってのことではございませんよ」

「そうですかね、会所の裏同心は面番所の同心よりも凄腕《すごうで》って評判だ。神守様の行いに意味がないなんておかしいよ。ですが、見当違いにございますよ。岩鶴楼を承知の吉原の男衆も女衆も少なくなりましたしね」

「見当違いですか。どんなことでもいい、藁《わら》にも縋りたい思いで立ち寄ったのじゃが無駄であったか」

「無駄足でしたな」

と応じた壱蔵が久しぶりのお日様を眺め上げて、

「うっとうしさを吹き払ってほしいよ」

と言った。そして、不意に幹次郎を見ると、

「そうだ、そういえば白川さんと争った染吉の娘が廓内で働いているって噂を聞いたがね」

「染吉さんの娘が吉原に」

「貸本屋の三公《さんこう》だったかな、そんな話を女相手にくっ喋《ちゃべ》っていたが、ほんとの話かただのヨタか知りませんよ」

「染吉さんの娘というといくつにござるか」

「なんでも十八でなかなかの美形と三公が大仰《おおぎょう》に言っていたよ」

「壱蔵どの、白川の喧嘩相手の染吉さんは騒ぎのあと、岩鶴楼から住み替えて吉原に残ったのでござるな」

幹次郎は剃刀を互いに持ち出して刃傷沙汰まで起こしたふたりの女郎が同じ楼に働くわけにはいくまいと思い、訊いた。

「昔の話でね、記憶が曖昧ですが、たしか染吉は深川《ふかがわ》辺りの左官《さかん》の棟梁《とうりょう》に身請

けされたって話を聞いたような気がするよ」

「争ったふたりの遊女はその後、明暗を分かちましたか」

「ひとりは落籍《ひか》されて吉原の外、もうひとりはころころと転がって切見世の女郎、たしかに明暗を分けましたな」

壱蔵は、それ以上の話は知らない様子で幹次郎と同じ感想を述べた。

「吉原に出たという染吉の娘は、左官の棟梁との間にできた子供でござろうな」

「まず普通に考えればそうなるかね」

と壱蔵の関心は、張見世の格子に飛び跳《は》ねた泥に移っていた。

「だれかいないか、表の看板に泥が跳ねて汚れているよ」

と楼の中に叫んだが、だれも返事をする者がいなかった。

「仕方ないね」

と自ら掃除《そうじ》をするつもりか、暖簾の奥に姿を消した。

幹次郎は京町一丁目から仲之町に出た。昨夜《ゆうべ》一夜かぎりの験直しの舞台も消えて、いつもの吉原が戻っていた。

会所の表に立つと面番所から声がかかった。

「裏同心の旦那、なんぞ鉄砲女郎殺しの手掛かりが摑めたか」

と懐に入れた片手を襟の間から突き出して顎を撫でながら村崎季光同心が幹次郎に訊いた。

「おや、あの一件、面番所の調べに移ったと思いましたがな」

「といって会所がすぐに手を引くとも思えねえ。どうだ、なんぞ嗅《か》ぎつけたか」

「残念ながら、それがしは見番の小吉頭取に験直しの礼に行ったところでござってな。昨夜の舞台には小吉さんのところの芸者衆が大勢色を添えてくれましたからな」

と村崎の問いをごまかした。

ふうん、と鼻先で応じた村崎同心が、

「どうも怪しい」

と呟く声を背に聞いて会所の土間に入った。すると土間が暗く沈んでいて、一瞬幹次郎の視界が閉ざされた。それだけ表に夏の光が戻ってきたということであろうか。

「神守様、ようやく日差しが戻ってきましたな、験直しをやった甲斐があった」

と仙右衛門の声がして、上がり框に姿を見せた。

「本日も鳶の連中に願い、通りに砂を入れさせます。それでも乾いた仲之町が戻ってくるのに二、三日はかかりましょうな」

と答える仙右衛門の声音にも安堵があった。

「番方、貸本屋の三公に会うにはどうすればようござろう」

「なんぞ野郎に用事ですかえ。あいつの仕入れ先は柴田相庵《しばたそうあん》先生の診療所の裏手にございましてな。この刻限なら三次郎《さんじろう》、そこでとぐろを巻いていましょうな」

「山谷町ですか」

と出かける風情を見せた幹次郎に、

「わっしもお付き合い致しましょうか」

と仙右衛門が幹次郎についてきた。

「番方、しかとした話ではないでな」

「お芳《よし》の顔を見るだけでも山谷町に足を延ばす甲斐がある」

「おや、番方、申されますな」

「わっしとお芳を焚《た》きつけたのは神守様方ですぜ」

と笑った仙右衛門と幹次郎は会所を出た。

「どうも動きがおかしい」

面番所の前で村崎同心が言った。

「村崎の旦那、お芳の顔を見たさに柴田先生の診療所に行くんですよ」

「仙右衛門、お芳とわりない仲じゃそうな。そなたら、ふたりして容子《ようす》のいい女房を手に入れておるが、どんな手妻《てづま》を使うとそうなる」

「お芳はまだ女房じゃございませんよ」

と軽く受け流した仙右衛門と幹次郎は大門を出た。背にいつまでも村崎同心の視線が張りつく感じが追ってきた。

「三次郎に用事とはなんですね」

「今朝方、朝風呂で船頭の政吉父つぁんに会いましてね。白川の話が出ました。なんとなくですが、白川殺し、根が深いのではと思ったのです。それで海老屋を見に行って参りました」

「海老屋ですって、白川が看板女郎だった半籬の岩鶴のあとの楼ですね」

「番頭の壱蔵さんと少しばかり話をしてきました」

「貸本屋の三次郎と関わりがございますので」

幹次郎は壱蔵から聞いた話をした。

「なんですって、染吉の娘が吉原にいるですって」

「なぜかこの話が胸に引っかかってな」

「神守様、診療所どころじゃないかもしれませんぜ」

ふたりは急ぎ足に変え、衣紋坂の前の土橋を渡り、山谷町に向かった。

たしかに三次郎が黄表紙《きびょうし》なんぞを仕入れてくる貸本問屋は柴田相庵診療所の真裏にあって、三次郎ら担ぎ貸本屋が新しい本の仕入れに来て、品揃えをしながらお喋りしていた。

「おや、番方、貸本屋などに姿を見せるとは珍しいね。お目当ての黄表紙でもあるのかい。近ごろ評判は、玲々舎馬助《れいれいしゃうますけ》師の『美形三姉妹男食ひ』って黄表紙だがね、こいつが何人も客待ちだ」

「三次郎さん、おめえの知恵を借りたくてね、ちょいと庭に下りてくれないか」

「裏同心の旦那も一緒でおれが下駄突っかけて庭に下りたらよ、えいや、って首なんぞを撫で斬るなんてことはねえよな」

「三公の首が飛ぶって、明日からうるさくなくてちょうどいいや。神守の旦那にすっぱりとやってもらいな」

と仲間に冷やかされながら、三次郎が痩せた柿の木の下に待つふたりのもとに来た。

「仲間に聞かれてはまずい話か、番方」

と三次郎が真剣な顔で声を潜めた。

「ご禁制の黄表紙を女郎たちに貸しているって噂ならお門違《かどちが》いだ。面番所の村崎の旦那に気をつけるんだな」

「違ったか」

「おめえさん、海老屋でその昔岩鶴楼に出ていた染吉の娘が吉原にいるって話したそうだな」

「なんだ、そんなことか。いかにもくっ喋ったぜ。貸本屋なんて客の女郎衆の話し相手になって本を借りてもらう商いだからな」

「染吉の娘はどこかの楼に出ているのか」

「会所は知らないか。伏見町の小見世うだつ屋だよ。染香《そめか》の名でわずか三月《みつき》前に吉原の女郎になったというのに床上手ってんで馴染がついているそうだぜ」

「歳はどうだ」

「十七、八かね」

「容子はどうだ」

「おっ母さんは丸ぽちゃだったがね、細面のすいっとした形でなかなかの美形だよ。無口なところが欠点とうだつ屋の女将が言っていたがね、それがいいという客がいるんだから、大したものだぜ」

と応じた三次郎が、

「染香に大見世から鞍替えの話でもあるのか、となると染香は一気に出世だね」

「まあ、そんなところだ」

と三次郎の問いをはぐらかした仙右衛門が、

「この話、しばらく黙っていてくれないか。噂が流れて、鞍替え料が上がったりでもすれば話が壊れることもある」

「合点《がってん》承知の助だ」

三次郎が調子よく請け合った。

貸本屋を出たふたりが柴田相庵の診療所の裏口から敷地に入ると、裏庭の干し場でお芳が白布を干していた。

「あら、兄さんに神守様。こんな刻限になんの用事」

「用事はないが芳っぺの顔を拝みに来ただけだ」

「なんだ、兄さんたら急に口がうまくなったわね」

「貸本屋の三次郎に会ってきたせいかな」

幹次郎は仙右衛門とお芳の顔がなんとも幸せそうに輝いているのを見ていた。

「三次郎さんならうちにも顔を出しては女衆にあれこれちょっかいを出していくわよ。なんの用事だったの」

「その昔、吉原の看板だった女郎の娘が吉原に出ているってんで確かめに行ったところだ」

「伏見町の染香さんのこと」

「おや、芳っぺも染香を承知か」

「だって、昨夜男衆に連れられて怪我の治療に来たわよ」

怪我だと、と番方の声音が険しく変わり、

「どんな怪我だ」

とお芳に尋ねた。

「むだ毛を剃《そ》っていて剃刀で右手を切ったんですって」

「剃刀の傷か」

「深くはないけど血が止まらないのでうちに来たの」

「お芳さん、右手を切ったと申されたが、染香どのは左利きか」

「神守様、そういうことよ」

「こいつはなんぞ裏がありそうな、神守様、廓内に逆戻りだ」

仙右衛門が言い、

「あら、お茶くらい飲んでいかないの。柴田先生の顔も見ていけないほど急ぐこと」

とお芳ががっかりした顔を見せた。

「ちょいと気になることが生じたんだ。茶はこの次にしよう」

仙右衛門の返答にお芳の顔が曇ったが、そのときふたりはすでに柴田診療所の表門に向かっていた。


伏見町のうだつ屋を訪ねると遣手《やりて》のおつねが布団を楼の前に干そうとしていた。

「おつねさん、吉原は客商いだぜ。見世の前で布団干しはなかろう」

「そうは言うけど長雨で遊女衆の夜具もじっとりだ、こんなんじゃ客に嫌がられるよ。昼見世の前には取り込むから、今日ばかりは目を瞑っておくれよ」

と言ったおつねが、なにか用かとふたりを見た。

「新しく新造が入ったんだってな」

「染香かえ、面番所に届けは出してあるがね」

「いや、届けのことじゃない、今、いるかえ」

「今日は休みだ、廓外だよ」

「休みとはどういうことだ」

吉原に身を落とした女郎に休みなどあるわけもない。まして勝手気ままに廓外に出歩くなんてどういうことか。

「うちの旦那は染香のおっ母さんと昔一緒に働いたことがあるんだそうな」

「待ってくんな、こちらの毅右衛門《きえもん》さんは以前岩鶴楼の男衆だったな、それで染香のおっ母さんと知り合いか」

「そういうこったよ、番方。この染香の女郎話、母親染吉さんからの話でね、女郎が肌に合うならば、年季奉公させてくれないか、と願ってもない話なんだそうだ。金子に困って女郎に落ちたというわけではないんだ。そんなわけで染香は金で体を縛られているわけではなくてね、今日の休みも親父の法事があるからとこちらに来たときからの約束ごとなんだよ」

「おつねさん、染香の住まいはどこだ」

「源兵衛堀《げんべえぼり》端の中ノ郷《なかのごう》瓦町《かわらまち》の天祥寺《てんしょうじ》北の職人長屋と聞いたがね。番方、暮れ六つ(午後六時)までには戻ってくる約束だよ。法事の寺はどこだか、訊き忘れたけどさ、足抜する事情《わけ》もなし、夕刻まで待つことだね」

とおつねが言った。

「ああ、そうしよう」

仙右衛門と幹次郎は布団を干し終えたおつねと別れ、おつねの様子を見るため に振り返ったあと、大門外に出た。

源兵衛堀は源森川《げんもりがわ》ともいい、横川《よこかわ》と大川を結ぶ堀だ。その南側に中ノ郷瓦町の天祥寺はあって、職人長屋はたしかにあった。

昼前のことだ。長屋の井戸端で職人のおかみさん連がお喋りしながら、洗い物をしていた。

「ちょいとお尋ね申します。染吉さんの長屋はどちらですね」

仙右衛門の問いにおかみさん連が振り向いた。

「うちに染吉なんて職人は住んでないよ」

「職人じゃないんで、女の人なんでございますよ。川向こうに奉公に出ている娘とふたりのはずなんだがね」

「なんだい、色好みのおそめさんのことかい。瓦職人しか巣くってない職人長屋に奇妙な親子が住んだもんだよ。なんでも深川近辺に小体《こてい》な家を普請《ふしん》するまでの一時《いっとき》住まいでよ」

「本日は法事とか、娘さんも長屋に戻ったはず」

「こっちにゃ顔を見せないよ。昨日だが、おっ母さんのおそめさんは急に引っ越していったもの。普請していた家が出来上がったのかね、法事なら新居の引っ越し先でやるんだろうね」

「なんですって、引っ越したって。どちらへですね」

「そんなことまで知らないよ」

「差配さんのお宅はどちらで」

「因業大家《いんごうおおや》かい、木戸を出た右手の突き当たりが吉兵衛《きちべえ》さんの住まいだよ」

おかみさんのひとりに教えられてふたりは木戸を出て差配の吉兵衛を訪ねた。

こちらも家の周りに夜具から衣類まで賑やかに干されていた。

吉兵衛は干し物の中、ひねこびた五葉松《ごようまつ》の盆栽《ぼんさい》の手入れをしていた。

「吉兵衛さんにございますな、わっしら、川向こうの吉原会所の者にございますが、おそめさんを訪ねてきたんですがね」

「引っ越したよ。最初から半年の約束でうちの長屋に住んでたんだ。家ができたからそっちに行ったよ」

「吉兵衛さん、失礼ながらお尋ね申します。家を普請するような親子が瓦職人の住む裏長屋住まいとはいったいどういうことですね」

「瓦職人が住む裏長屋で悪かったね」

「そいつは最初《はな》から断わってございますよ」

「まあ、おまえさんの言うことももっともだ。私も半年前に質したくらいだから ね。そしたら八卦見《はっけみ》が言うにはこっちの方角がさ、縁起がいいんだそうだ。つい でに娘を吉原に奉公に出すことも八卦見のご託宣《たくせん》だとさ」

「吉兵衛さんは娘が吉原で働いていることも承知で」

「たまさかうちの知り合いがおまえさん方のところに出かけて見かけたんだよ。 言われてみればさ、金には困らない親子が瓦職人の住む裏長屋に住んだ上に、娘 は吉原に奉公とはね。もしかしたら、おそめさんのところは口ほど裕福《ゆうふく》じゃなか ったかね」

と吉兵衛が首を捻った。

「新居はどちらで」

「永代寺《えいたいじ》裏深川蛤町《はまぐりちょう》だとさ、あちらに行ったら立ち寄れって、おそめさんが 言い残していったよ」

と吉兵衛が言い、盆栽に注意を戻した。

第三章　稲荷《いなり》の怪

一

　幹次郎と仙右衛門が疲れ切って吉原会所の門を潜ったのは昼見世の最中だった。長雨の余波《よは》か、いつもの客足は吉原には戻っていなかった。

「おや、番方に裏同心どの、お戻りか。最前から会所がばたついておったが、廓外でなにか起こったのではないか」

　と面番所の村崎季光同心がふたりに声をかけた。

「われらは元来《がんらい》廓内の警固が主務じゃ、それを会所ときたら吉原ばかりか本来町方の縄張りにまで首を突っ込んで忙しいことよ」

　と嫌味を言うと面番所に姿を消した。

ふたりは無言のままに顔を見合わせて敷居を跨いだ。土間は無人でがらんとしていた。

「ただ今戻りました」

と声をかけた仙右衛門と幹次郎は、奥へと通った。すると四郎兵衛が坪庭に差す光を見ていた。

「前の同心どのにからかわれたようですな」

「なんぞございましたか」

「十八大通の百亀こと伊勢屋喜太郎の旦那が昨夜妾宅《しょうたく》の帰りを襲われて大怪我を負ったそうな」

「そいつは気づかないことにございました」

「いや、当人が怪我を隠してな、密かに妾宅に医者を呼んで治療を受けたので、だれも知らぬことでした。たまさか暁雨こと大口屋さんが百亀の店を訪ねて分かったことでしてな、こちらにも知らせが入ったのです。それで長吉らに事情を調べに行かせてございますよ」

「命に関わる怪我ではございますまいな」

「大口屋さんの使いは、命には別条ないが怪我が治るのに数月、あるいは半年かかると伝えてきました」

「わっしらも伊勢屋さんに向かいましょうか」

「いや、小頭の帰りを待ったほうがよかろう」

と四郎兵衛が応じ、

「白川の一件で廓外に出ておられましたか」

と尋ねた。

「大門の外に出る前に言い残しておけばよかったのですが、つい先を急いでどじを踏みました」

と詫びた仙右衛門が、

「いえね、神守様が白川の殺しの因《もと》は金の貸し借りの諍いではなく、もっと根っこが深いのではと言い出されましてね、白川が切見世に落ちるきっかけになった二十年近く前の刃傷沙汰のほうを調べ直したのでございますよ。そしたら、刃傷沙汰の相手の染吉の娘が、伏見町のうだつ屋に女郎で出ていることに行き当たったので」

「なんですって、大昔の喧嘩相手の娘が吉原で女郎をしていたですと。染吉、いや、ただ今はおそめでしたな。たしか深川近辺の左官かなにかの親方に身請けされて幸せに暮らしていると思っておりましたがな。それにしても神守様、えらいところに目をつけられましたな」

と四郎兵衛が幹次郎を見た。

「今朝方、朝風呂で船頭の政吉父つぁんに会ったのがきっかけにございましてな、娘の染香ことおふゆにまで辿りついたのでございます」

「娘に会ったあと、おっ母さんのおそめを訪ねて川を渡られたか」

「染香は本日、うだつ屋の主の許しを得て廓外に出ておりましてね、源兵衛堀から深川永代寺裏まで引き回されたのですが、親子め、どこぞに行方《ゆきがた》を晦《くら》ましやがったんで」

仙右衛門が口惜《くや》しそうに説明した。

「どういうことですね、番方」

頷いた仙右衛門が改めて貸本屋の三次郎、うだつ屋、源兵衛堀近くの職人長屋、さらには永代寺裏深川蛤町の無益な家捜しの順を追って報告した。

「ほう、深川に家を普請している親子が瓦職人の暮らす裏長屋に引っ越してきて、娘のほうは自ら望んで吉原に身を落としておりましたか。いくら母親がその昔、吉原に馴染んでいた女郎とはいえ、何ひとつその要のない娘を吉原に沈めるとはいささか異《い》な話ですな」

「で、ございましょう。それで職人長屋の差配から聞いた普請場を、つまりは親子の家を永代寺裏に訪ね歩いたのでございますが、そんな普請場は見つかりませんので。どうやら親子は差配に虚言を弄《ろう》して職人長屋に住んでたってことが分かりました」

ううーんと唸った四郎兵衛が言った。

「白川を殺すために源兵衛堀の職人長屋に親子は移り住み、娘はそこから吉原に身を落としたということですな」

仙右衛門が大きく頷いた。

「まさか白川殺しの因が二十年近く前の騒ぎに関わりあるなんて想像もしませんでしたな」

「七代目、ここでちょいとした運に恵まれましたんで。いえね、永代寺裏の深川蛤町で訊き込みをしている最中、たまたま一軒の普請場を訪ねた折りのこってすよ。いえ、ここもおそめと染香親子が建てている家ではございませんでした。ですが、偶然にもこの普請場の棟梁がわっしの昔の遊び仲間にございましてね。正太郎《しょうたろう》棟梁が染吉ことおそめを落籍した左官の親方、鏝万《こてまん》の万ノ助《まんのすけ》親方の知り合いだったんですよ」

「ほう、新たな展開がございましたか」

「ところが万ノ助親方はすでに死んでいて、鏝万の家は畳まれておりましたので。それでも正太郎棟梁が昔のことを思い出してくれました……」

「……番方、鏝万の親方が染吉を身請けできたのは先代の親方のおかげさ、女郎だろうがなんだろうが気立てがよくて左官のおかみさんで苦労してもいいという覚悟があるならば所帯を持て、と鷹揚にも許しを与えたからですよ。先代が生きているうちは幸せを絵に描いたような若夫婦でしたな。ところが若夫婦の間に子が生まれない、あちらこちらに神信心などをしていたようだが、あるとき、突然二歳くらいの娘が身内になった」

「棟梁、いきなり二歳の娘が身内になるとはどういうことだい、もらいっ子かね」

と仙右衛門が訊いた。すると正太郎棟梁が顔の前でひらひらと手を振って、

「それが違うんだ、おそめさんが吉原時代に産んだ子だというのだよ。楼では寮で産ませていた子を里子《さとご》に出していたんだそうだ。その里子に入った家の商いが

傾いて、子を手放すと聞いたおそめさんが万ノ助親方を説得して家に入れたというのだ」

「つまりは子をなさない因はおそめさんではなく親方にあったのか」

「おそめさんは一度、子を産んでいたんだからね。そういうことになるかね」

と応じた正太郎棟梁が、

「番方、だがよ、娘を入れた直後から鏝万の家を次々に不幸が襲いやがった。まず先代夫婦が亡くなり、その喪《も》も明けないうちに鏝万の親方が普請場の足場から落ちて体を悪くして動けなくなり、大勢の職人を抱えていた商売が続けられなくなった。だがな、鏝万の家には親方の身内が暮らすくらいの蓄《たくわ》えはあったんだ。養生《ようじょう》の最中、鏝万の親方が亡くなったのは怪我して一年後くらいのときかね。親方は亡くなったが、おそめと娘親子に家作《かさく》となにがしかの金子が残されたと聞いたがね」

と話を終えた。

「棟梁、未だこの界隈におそめさんと娘は住んでいるんだろうね」

「いや、鏝万の一周忌が終わったあと、鏝万の家が売りに出され、親子は川向こうに戻ったって話を聞いたがね、それが鏝万の親方の身内の話を聞いた最後だったな、十二、三年も昔の話かねえ」

とさらに記憶を辿った。

「……七代目、染香として吉原に入り込んでいた娘のおふゆですがね、白川を殺す狙いであれこれと曰くを作って伏見町のうだつ屋に入り込み、白川を殺したあと、ふたたび吉原の外に逃れたとは考えられませんか。まず今宵のうちにうだつ屋に戻ってくるとも考えられませんよ」

と番方がおそめ親子の企てを改めて整理して伝えた。

「番方、戻ってくるものですか。それにしても驚きました、切見世の鉄砲女郎殺しの陰にそんな昔の騒ぎが隠されていようとはな」

「いえ、確証を摑んだわけではございませんので。ともかく神守様と話し合い、改めてこちらの気持ちを固め直した上で探索を再開するつもりで戻って参りました」

「神守様、番方、人ひとりが殺されたのです。私たちが知らないどんな事情が隠されているにしろ、下手人を廓の外に野放しにするわけにはいきませんよ」

「へえ」

と返事をした番方が、

「七代目、源兵衛堀にしろ、親子が住んでいた深川蛤町界隈にしろ、なにか姿を消した先の手掛かりが残っているかもしれません。百亀の旦那が襲われたのと重なりましたが、なんとしても片をつけたいもので」

と話したとき、表から長吉たちが戻ってきた様子があった。しばらくして座敷に姿を見せたのは小頭の長吉だけだった。

「どうだったな、百亀の旦那は」

「手足を木刀で殴られて骨が折れて、うんうん唸っておいででした」

「あれほど独り歩きなんぞしてはいけないと忠告したにもかかわらず、妾のところなんぞに行くからだ。妾をどこに囲っておりましたな」

「下平右衛門町《しもへいえもんちょう》にございました」

と長吉が答えた。

「御蔵前の隣町ではございませんか」

「妾の家を四つ過ぎに出て、浅草橋に出ようとした辺りで木刀を持った連中に襲われております。二本差しではございませんで、町人だったそうです」

「おや、寛政刷新組ではございませんので。香取屋もあれこれと野犬を飼っておりますな」

「百亀の旦那ひとりに二本差しを出すまでもないと考えたんですかね」

「百亀さんが香取屋一派の仕業とは別の一件で襲われたということはありませんかな」

「七代目、百亀の旦那はいきなり襲われて気を失ったようです。ところが痛みに意識が戻ってきた。そのとき、無言だった連中のひとりが、大口屋を叩きのめせば十八大通なんて他愛《たわい》はねえぜ、と漏らしたのを耳に留めておられました。あるいはわざと聞かせて十八大通に警告を発したのかもしれません」

「香取屋一派は、伊勢亀派になった十八大通十一人をそっくり香取屋に寝返らせるために百亀を襲い、次に頭分の暁雨の旦那に怪我をさせる気じゃな」

「七代目、そのような企てのようでございます。百亀の旦那、やつらが去ったあと、必死で妾宅に逃げ戻り、お店《たな》に知らせが走ったのでございます」

と長吉が報告を終えて、番方と幹次郎を見た。

「小頭、断わりもなく廓外に出てしまい、そなたらに汗を掻かせたな。白川の一件で川向こうを引きずり回されておった」

今度は仙右衛門が前置きして、幹次郎の情報《はなし》をもとに染吉、染香親子の奇怪《きかい》な動きを説明した。

「なんと、こちらも込み入って怪しい様相を見せ始めましたな。岩鶴楼にいた白川と染吉の刃傷沙汰が起こったのは、わっしが会所に奉公して数年後のことにございました。楼でこの騒ぎを揉み消したので深くは承知していません」

「小頭、こっちもそれは同じだ。二十年近く前、内々に揉み消された騒ぎに、殺しにつながる火種が残っていたかどうか」

仙右衛門が首を捻った。

「会所は御蔵前の騒ぎと白川殺しのふたつの難儀を抱えたことになる。天下を騒がすという点からいけば御蔵前の騒ぎは大きいが、吉原会所の本来の趣旨からいって切見世女郎白川殺しの大事は見逃せまい」

「さようで」

と四郎兵衛の右腕の仙右衛門が頷いた。

「まず御蔵前の騒ぎだが、大口屋治兵衛こと暁雨さんに夜など決して独りで出歩かないように厳しく注意しておく必要がある。私がすぐにも暁雨さんに会おう、長吉、供をしなされ」

四郎兵衛が言い、長吉がへえ、と畏《かしこ》まった。

「白川の一件、行きがかりです。番方と神守様のふたりで追ってみませんか。女ふたりの行方さえ摑めれば、白川殺しの真相が摑めると思うのですがな」

番方が承知して四郎兵衛に訊いた。

「暁雨の旦那の警固をうちでやることになりそうですかえ」

「伊勢亀の旦那に、会所は御蔵前の筆頭行司伊勢亀派を助けると約しましたでな、必要なれば神守様のお手を煩《わずら》わすことになりましょうな。だが、まず大口屋治兵衛さんをはじめ、十八大通のお仲間に絶対に夜の独り歩きをしないようにお願い申すのが先だ」

と四郎兵衛が会所の方針を指示した。


仙右衛門と幹次郎は、牡丹屋の政吉船頭に願い、舟で源兵衛堀の職人長屋に戻り、おそめとおふゆの親子の言動で覚えていることはないかと店子《たなこ》らに粘り強く問い質したが、

「あの親子は最初からわたしらとは出来が違うって顔していたものね、まともに話したことなんてないよ。まさか娘が吉原にさ、女郎で出ていたなんて知らないもの、金持ちなんだか娘を女郎に売り飛ばすほど金に困っていたんだか、おかし

な親子だよ」

と言うばかりで新たな情報は得られなかった。そこで無駄足は覚悟の前で差配の吉兵衛の家を訪ねてみた。

吉兵衛は相変わらず貧相な盆栽の手入れをしていた。

「また吉原会所の面々かい、よほど川向こうは暇なんだね」

「というわけでもないがさ、吉兵衛さんの知恵を借りに来たんだ」

「おそめさんに会えたんならそれでいいじゃないか」

「ところが永代寺裏深川蛤町界隈を探し回ったが、おそめとおふゆ親子が建てているという普請場が見つからないんだ」

「探し方が悪いんだよ。蛤町は飛び地でさ、あちこちに散っているよ」

吉兵衛は深川を承知かそう言った。

「餅《もち》は餅屋に訊けってね、あの界隈の普請場の棟梁に当たったんだ。そしたら、おそめさんを吉原から落籍したのが蛤町の左官、鏝万の万ノ助親方ということが分かった。だがね、鏝万は不幸続きで万ノ助親方も亡くなり、残されたおそめとおふゆの親子は十二、三年ほど前、川向こうに戻るって深川を出たそうだ」

「ほう、深川蛤町には住んでなかったか。待てよ、死んだ亭主の家があったところに新しい家を普請するってんで、そっちに戻ったとも考えられるぜ」

「吉兵衛さん、蛤町の普請場は総なめに当たったと言ったぜ。大工たちがおそめの普請場をだれも知らないんだ。この話はいささかおかしいのさ」

「と言われても私はおそめさんから聞いた話をそっちに伝えただけだからな。こっちに尻拭いを持ち込まれてもどうにもならないぜ」

「差配どの、おそめさんが川向こうの話をしたことはござらぬか」

吉兵衛が初めて口を利いた幹次郎を見て、

「川向こうの話ね、ともかくちゃらちゃらした女だったし、長屋の女衆とも付き合いはなかったろうよ。記憶がないね」

と吉兵衛はにべもない返答をした。

「ござらぬか」

「ございませんな」

とあっさりと答えた吉兵衛が、

「もっとも娘のほうなら中ノ郷瓦町の稲荷社でお参りしているのを見かけたんでね、次の日だがその話をすると、『大家さん、私はお稲荷様の申し子なの』なんて真顔で答えたものだよ、それで『ほんとかい』と訊き返すと、『ほんとのほんとよ、私が小さいとき、流行り病で死にそうになったことがあるの、そんとき、おっ母さんが近くの日比谷《ひびや》稲荷に願かけて病が治ったんで、私の守り神はお稲荷様なの』と答えたものだ、ただそれだけの話だがね」

「おふゆさんは、近くの日比谷稲荷に願かけたと言うたのじゃな」

「間違いないよ。たしかこの長屋から姿を消して吉原に奉公する前の日だったと思うけどな」

「有難い、助かった」

「こんな話が役に立ったかえ」

「役に立てなくてはなるまい」

幹次郎と仙右衛門は吉兵衛に礼を言って、職人長屋の差配の家を出た。源兵衛堀に待たせた政吉船頭に仙右衛門が、

「父つぁん、源助橋《げんすけばし》近くに行きたいんだがな。訪ねるところは日蔭町《ひかげちょう》新道《じんみち》の日比谷稲荷だ」

「分かった、源助橋まで着ければいいな」

「助かる」

と応じた仙右衛門が、

「日比谷稲荷近くにおそめとおふゆの隠れ家があればいいんですがね」

「番方、おふゆは稲荷様が守り神じゃそうな」

「白川を殺す勇気を与えてくれと開運稲荷で祈ったのでございましょうかな」

ふたりは白地に、竹垣に朝顔が絡まる染模様の浴衣を着た女が熱心に拝む背を思い浮かべていた。

「それにしてもなぜ十八ほどの娘が吉原に身を落として男たちに身をまかせてまで白川を殺す要があったのか」

「へえ、なにやら二十年近く前の因縁《いんねん》が絡んでいそうでございますよ」

「まず親子の行方を突き止めることだ」

と幹次郎が呟いたとき、政吉船頭の漕ぐ猪牙舟《ちょきぶね》は隅田川に出て、下流へと舳先を向けたところだった。水面を強い夏の日差しが照らしつけて、きらきらと輝いた。

二

日蔭町新道に、この界隈の鎮守《ちんじゅ》の日比谷稲荷があった。もともとは日比谷御門内大塚山というところにあったものが、慶長《けいちょう》十一年（一六〇六）に替地をもらって氏子《うじこ》らとともに移転してきたのだ。

この日比谷稲荷、土地《ところ》では鯖《さば》稲荷の異名《いみょう》で知られていた。虫歯に苦しむ人が鯖断ちの願をかけ、治癒したのちに鯖を奉納する奇妙な風習から鯖稲荷と呼ばれるようになったのだ。

幹次郎と仙右衛門のふたりは政吉船頭と猪牙舟を源助橋際に残して東海道を横切った。

日没までにはまだ間があったが、通りに影が伸びていた。

日蔭町新道の西側は、愛宕下《あたごした》の大名小路《だいみょうこうじ》をはじめ、武家屋敷が門を連ねていた。そして、東側は里で、

「日蔭町」

と呼ばれる町屋だった。

ふたりは芝口《しばぐち》三丁目と源助町《げんすけちょう》の辻から日蔭町に入り、

「さてどうしたものか」

と辺りを見回した。すると陸奥仙台《せんだい》藩の伊達《だて》様の屋敷の方角から道具箱を肩にした職人衆がやってきた。

「おや、番方じゃないか」

と職人のひとりが仙右衛門に声をかけた。振り向いた仙右衛門が、

「大工の浜造《はまぞう》さんかえ、おまえさんの縄張りはこの界隈だったかね」

「棟梁の家が芝口だ、出入りの伊達様の屋敷でここんとこ仕事よ」

と応じた浜造に、

「浜造さん、深川蛤町の左官の鏝万こと万ノ助親方のおかみさんと娘のふたりがこの界隈に小体な家を構えているはずなんだが、知らないか。名はおそめとおふゆだ。十二、三年前に移ってきたのかもしれねえ」

「十二、三年前の話だって、そいつは調べるのがしんどいぜ。だがよ、鏝万の万ノ助親方の名は覚えていらあ、聚楽《じゅらく》塗りの名人だったものな、たしか普請場の怪我が因で亡くなったんじゃねえか」

と記憶を辿った浜造が、

「万ノ助親方のおかみさんと娘か、おめえら知らないか」

とその場にいたふたり仲間に問うた。だが、両人とも首を横に振った。

「番方、うちの広次郎《こうじろう》棟梁は代々土地の者だ、芝口一丁目の質商備前屋《びぜんや》の家作に住んでなさる。一緒に行ってよ、訊いてみたらどうだ」

と親切に浜造が仙右衛門に言った。

「有難《ありがて》え。だがよ、わっしらで探してどうしてもだめなら棟梁の家を訪ねよう」

と仙右衛門が答え、じゃあな、と浜造らは道具箱をかたかたとさせて棟梁の家に戻っていった。仙右衛門は日蔭町を見回していたが、

「神守様、この事件、お稲荷様つながりだ。まずは鯖稲荷にお参りして加護を願いましょうか」

と幹次郎を誘った。

ふたりは日比谷稲荷の赤い幟《のぼり》がはためき、鳥居が連なる参道から稲荷社に入った。すると稲荷社の壁に干し鯖が吊るしてあったり、竹籠《たけかご》に生の鯖が載せられていたりして奉納されていた。そのせいで辺りに蠅《はえ》がぶんぶんと飛び回っている。

蠅がとぶ　ごりやくありや　鯖稲荷

幹次郎の脳裏に駄句が浮かび、すぐにどこかへ消えた。

ふたりは稲荷社の拝殿に頭を下げて、なにがしか銭を賽銭箱《さいせんばこ》に入れた。

「さてご利益《りやく》があるかどうか」

とふたりが参道に向きを変えると、この界隈のおかみさんが六、七歳の娘の手を引いて参詣《さんけい》に来た。母親が皿に鯖を載せているところを見ると娘が虫歯に悩まされていたものか。

「おかみさん、この界隈におそめさんとおふゆさんの親子が住んでいるはずなんだが、ご存じございませんか」

「長屋住まいですか」

とおかみさんが仙右衛門に訊き返した。

「おそらく一軒家と思えます」

「この日蔭町界隈、表はお店、裏は長屋ばかり、女ふたりで住む家があったかな、覚えがありませんよ」

と答える母親に礼を述べて、ふたりはふたたび日蔭町新道に出た。すると槍持ちなどの供を連れた武家が屋敷に帰っていく光景に出会った。

「道の片側が武家屋敷にございますよ。いかめしい門番にその昔吉原に出ていた女なんですが、と尋ねるわけにもいきませんや。こいつは苦労しそうだな」

仙右衛門が呟いた。そのとき、幹次郎はどこからともなく大豆を煮る匂いを感じた。見ると路地奥に豆腐屋が明日の仕込みをしている様子だった。

「番方、豆腐屋なれば町内のことに詳《くわ》しいのではないか」

「当たってみますか」

仙右衛門が路地に入っていき、尋ねに行った。

幹次郎は豆腐屋を番方にまかせて、三軒先の子供相手の駄菓子屋の店を訪ねた。

すると、この界隈の子供が何人か集まっていて、

「さあさ、長屋に戻りな。おっ母さんが心配するぞ」

と足の悪い若い男が子供たちを長屋に帰した。

いつしか西日が路地の奥まで差し込んで、日没が近いことを教えていた。

「つかぬことを尋ねたい。この界隈におそめ、おふゆという名の親子ふたりが住んでおると聞いたのだが知らぬか。母親は四十前か、娘は十七、八のはずだ」

「商いでもやってますかえ」

若い男が訊き返した。

「商いはしておるまい。妾宅のような小さな一軒家か、間数が多い長屋住まいかと思うのだがな」

「お妾さんね。この界隈にね、そんな親子が住んでいたか。旦那はだれですね」

「妾ではない。川向こうで鏝《こて》塗りの名人が亭主だったが、亭主が亡くなったあと、

この界隈に引っ越してきたと思えるのだ」

「はっきりとしねえ話だな」

と男が首を捻った。

「造作《ぞうさ》をかけた」

幹次郎が豆腐屋の前に戻ると仙右衛門も出てきて、首を横に振った。

「おふゆめ、わっしらの追ってくることまで考えて、吉兵衛さんに嘘の話を聞かせましたかね」

と仙右衛門が幹次郎に話しかけた。

「もしそうだとするならば、われらが考えている以上に白川殺しには根深い事情が隠されておるということだ」

「ということにございますかね」

ふたりは夕暮れの日蔭町で一刻余り訊き込みに回った。だが、おそめとおふゆの家を探し当てることはできなかった。源助橋に待たせた政吉船頭のもとに戻ったふたりの顔色を見て、

「探索はうまくいかなかったようだな」

と政吉が気の毒そうに言った。

「番方、吉原に戻るかえ」

「空手《からて》で戻るのも口惜しいがそうするしか手はないか」

「番方、だめは承知の上で備前屋の家作を訪ねてみませぬか」

と幹次郎が提案した。

「広次郎棟梁の家が残ってましたな、鯖稲荷のご利益があるかなしか、すがってみますか」

と仙右衛門が応じて、政吉に願った。

「すまねえ、父つぁん、芝口橋に猪牙を回しちゃくれまいか」

「合点だ」

政吉船頭が陸奥仙台藩と陸奥会津《あいづ》藩の屋敷の間に抜ける堀を戻って御浜御殿《おはまごてん》の西側に舟を回した。そして、溜池《ためいけ》から流れてくる御堀へと猪牙の舳先を向けた。

「神守様、朝風呂で会ったときよ、白川と染吉の刃傷沙汰は金の貸し借りが因と考えておりましたがね、暇に飽かして他にも理由《わけ》があるんじゃねえかと昔の記憶を辿ってみたんですよ。年寄りの思いつきを喋ってようございますかえ」

「政吉どの、なんぞ思いつかれたようだな」

「いえね、白川と染吉が互いに客の数を競い合っていたころ、妓楼の岩鶴楼は鐘《かね》ケ淵に寮を持ってましてね、わっしも舟で遊女衆を送っていったこともありましてな。ふたりが諍いを起こす前、染吉は孕《はら》んだ子を産むために鐘ケ淵に逗留《とうりゅう》し
ていたことを思い出しましたんで。そのとき、白川が染吉の産んだ赤ん坊を見に
行ったような行かないような、そんなことを思い出したんでございますよ。もっ
ともだいぶ昔の話だ、話のつじつまがぴったりしねえで、曖昧でしてね」
「父つぁん、染吉が産んだ子がおふゆ、つまりはうだつ屋から女郎に出た染香だ
ね」
「そうか、染香ということか」
「父親《てておや》はだれだか承知かね」
「客であることは間違いないんだが、何度も考えたんだが記憶にございませんの
で」
「旦那がいれば縺《もつ》れた糸も解けようというものだが、旦那がだれか承知の者がい
るかね」
と政吉が首を捻り、しばらく思案して言い出した。
「いるとしたら、おふゆを女郎として受け入れたうだつ屋の主の毅右衛門さんだ
な。岩鶴楼の男衆のころは毅次《たけじ》と呼ばれていたはずだ」

「父つぁん、吉原に戻ったらうだつ屋を訪ねるぜ」

「その前によ、なんぞ芝で手掛かりが得られるといいんだがな」

と政吉船頭が進捗《しんちょく》しない探索をわがことのように嘆《なげ》いた。


質商備前屋の家作は芝口一丁目の裏手にあった。多くの大工を抱えた広次郎の家の敷地はそれなりに広く、店先で若い衆に訪《おとな》いを告げると奥から棟梁の広次郎の声か、

「吉原の衆か、上がれ上がれ」

と大きな神棚のある居間にふたりは、すぐに招じ上げられた。浜造がふたりのことを親切にも告げておいてくれたおかげだった。湯上がりと思える広次郎は浴衣に着替えて酒を呑んでいた。

「棟梁、寛《くつろ》ぎのところすまねえ」

「鏝万のおかみさんと娘を探しているんだって」

「やはりこの界隈にいましたか」

「いたよ。だが、住んでいたのはわずかの間だ。一年といなかったろう」

「引っ越したんで」

「ああ、引っ越した。旦那が新しい家でも用意したんじゃないか」

「旦那がおりましたので」

「おうさ、最前から名を思い出そうとしているんだが、顔はおぼろに浮かんでいても名がな」

「商人でございますか」

「妾を囲うというのはお店の主に決まってらあ」

と言いながらも広次郎が首を捻った。だが、どうしても旦那の名は思い出せないようだった。

「引っ越し先も覚えていませんかえ」

「引っ越した先な、聞いた覚えがないな。それより旦那の名さえ思い出せばよ、ふたりが引っ越した先も分かろうというものじゃないか」

と応じた広次郎が、

「吉原の、なんで鏝万のおかみさんと娘を探し回るんだい」

と訊いてきた。

「棟梁、もっともな問いだ。鏝万のおかみさん、おそめの出を承知ですかえ」

仙右衛門が問い返した。

「鏝万の三代目が吉原の女郎をおかみさんにした話は職人仲間でも知れていたよ」

「そうでしたか、ならばお話ししましょう。染吉という名でなかなかの売れっ子にございましたよ。その娘が染香の名で吉原に三月《みつき》も前から出ているんで」

そいつは驚いたな、と広次郎が応じて、

「金に困ることはなかろうになあ。鏝万もそれなりに財を残したはずだし、そのあとよ、妾になったんだ、旦那からの手当もあろうじゃないか」

「それが銭に困ってのことではない様子なんで」

「馬鹿言っちゃいけねえや。銭を持っていて吉原に身を沈める、そんなべら棒な話があるか」

「この娘がね、昔母親の朋輩だった切見世女郎が殺された事情を承知じゃねえかと、こうして探し回っているんですよ」

「女郎なら廓内から出られまい。吉原で探すがいいじゃねえか」

ほろ酔い加減の広次郎棟梁の追及は畳みかけられてきて、仙右衛門も乗せられるように答えた。

「棟梁、いかにもさようだ。だが、女郎に身を落としても染香は楼に借財があるわけじゃない。それに女郎になるとき、親父の法事の日は半日休ませてくれと願って吉原に来た経緯もありましてね、切見世女郎が殺されたあと、法事だと言って行方を絶ったんでございますよ」

「なにっ、その娘が鉄砲女郎を殺したってことか」

「未だその辺ははっきりとしたわけじゃございません。そこでわっしらがかようにしてあとを追っているってわけなんでございますよ」

「そんな事情が絡んでいたか、となると引っ越し先を思い出すのが大事だな」

「いかにもさようでございますので」

「ところがこっちは思い出せねえ。吉原の、酒が醒めたところで思いつくかもしれねえ、旦那の名をな。そんときはすぐに会所に知らせるぜ」

「頼みます。それと親方、わっしがくっ喋ったこと、しばらくだれにも内緒にしておくんなせえ」

分かった、と胸を叩く広次郎棟梁にふたりは辞去の挨拶をした。

真っ暗になった芝口一丁目の質商備前屋の家作を出て、猪牙舟を泊めた芝口橋へと黙ったまま足を運んでいた。すると後ろからばたばたと草履の音がして、ふたりが振り向くと広次郎棟梁の家の住み込みの弟子の若い衆が走ってきた。

「吉原の、棟梁が思い出したことがある、もう一度家に戻ってくれないかと言っているんだがね」

仙右衛門と幹次郎は芝口橋を前にして、踵《きびす》を返して広次郎棟梁の家に戻った。するとおかみさんがふたつの膳を運んできたところだった。

「歳は取りたくはねえな、おまえさん方がいなくなったあと、かかあに酒を願ったらよ、かかあが吉原の衆がなんでおまえさんを訪ねてきたんだとよ、悋気《りんき》を起こしやがる」

その傍らでおかみさんが笑って、

「おまえさん、互いに悋気を起こし合う歳かえ」

と言った。

「ちぇっ、話のきっかけなんだよ。こちとら久しく吉原の大門を潜ってねえや。これを機会に遊びに行くか。世話をしてくれるかい」

「棟梁、お安い御用でございますよ。で、わっしらを呼び戻した件とはどんなことにございますか」

「おお、それだ。かかあが話の腰を折りやがってどこかに散らかっちゃったよ。

何年前になるかね、おれとかかあで正月に墓参りに行ったと思いねえ、いや、うちの先祖じゃねえ、おれたちが世話になった人がさ、小石川《こいしかわ》の伝通院《でんづういん》に眠っているんだよ。そこにお参りしてよ、伝通院の横手から神田川《かんだがわ》の水道橋《すいどうばし》辺りに出ようと歩いていたと思いねえ。すると下富坂町《しもとみざかまち》の道でよ、ばったりとおそめさんに会ったんだよ」

「ほう、そいつは面白うございますよ」

「面白いかどうか、おそめさんは手にした皿に油揚《あぶらあ》げを載せて、近くの稲荷社にお参りに行くんだと言っていたな」

「ということは下富坂町界隈に住んでいるってわけですね」

「ありゃ、遠くからお参りに来た様子じゃないよ。だいいちさ、江戸には伊勢屋、稲荷に犬のくそっていうくらいたくさんの稲荷社があらあね、まずは町内の稲荷社にお参りするのが普通じゃないかい」

とおかみさんが口を利いた。

「それが何年前のこってしたね」

「四、五年も前かね」

「おそめさんの形はどうでした」

「三十の半ばに差しかかったというのに、肌なんぞ瑞々《みずみず》しくてね、さすがに吉原の遊女は化粧《けわい》が違うなんて、うちの人が見惚《みと》れていたくらいだからさ、旦那持ちなんだろうよ。着ているものも上等な絹物だ、金に困っている様子はなかったよ」

「有難うございました、おかみさん、棟梁」

と仙右衛門が礼を述べた。

「昔のことが役に立ったんなら、なによりだ。ささっ、一杯呑んでおいきよ。うちの人が世話になるからさ」

「大門を潜るなんぞは冗談だよ、五十を過ぎて吉原遊びができるものか」

広次郎が真顔で言った。

「いえね、吉原の遊女と床入りすることばかりを考えているようじゃあ、遊びも半人前でしてね、楼の座敷に上がって遊女衆と四方山話《よもやまばなし》をしながら、酒を酌み交わして時を過ごすのがほんとの粋でございましょう。棟梁はその歳に差しかかっておられる」

「番方、口が上手だね。そんな清遊《せいゆう》ができるのはとことん遊び尽くした粋人通人のやるこった。こちとら、夏は日差しに照らされ、冬は筑波颪《つくばおろし》に皹《あかぎれ》を切らして仕事してきただけの職人だ。吉原の大門を潜るときは、女郎の肌にしがみつくことしか考えてねえ野暮な者《もん》だよ。まずそんな心持ちには死ぬまでなるまいな」

と広次郎が苦笑いして、

「ささ、酒を呑んでいってくんねえ」

と幹次郎と仙右衛門に酒を勧めた。

三

仙右衛門と幹次郎が政吉船頭の猪牙舟で今戸橋際の船宿牡丹屋に戻ったのは、五つ半（午後九時）の刻限だった。父つぁんに礼を言って、ふたりはその足で日《に》本堤《ほんづつみ》、通称土手八丁《どてはっちょう》を吉原に向かった。

長雨が上がり、なんとか江戸の通りの泥濘も乾いて歩きやすくなっていた。

土手八丁を駕籠が行き、今戸橋で猪牙舟を捨てた客が見返り柳へと急いで、吉原の景気が戻ってきた感があった。

山谷堀の水辺を、蛍《ほたる》が淡い黄緑の光を放って飛び回っていた。

幹次郎は故郷豊後岡《ぶんごおか》城下を流れる稲葉川《いなばがわ》に飛び交う蛍を追憶《ついおく》していた。そんな

過ぎ去った幼い日々を想いながら汀女が待つはずの左兵衛長屋のある浅草田町を横目に通り過ぎようとした。すると、

「幹やん、まだ御用か。あんまり姉様をかまってやらぬと鼠《ねずみ》に引かれるぞ」

という声が響いて、左兵衛長屋の方角から足田甚吉《あしだじんきち》が姿を見せた。甚吉は中川《なかがわ》家《け》でともに奉公した間柄だった。

「甚吉、いかにも御用だ。会所の御用は昼夜関わりないでな。どうした、この刻限にかような場所におるとは」

「姉様を長屋に送っていったところだ」

「並木町の帰りに姉様を長屋まで送ってくれたか」

並木町とは料理茶屋の山口巴屋がある場所だ。

汀女も甚吉も料理茶屋に関わりがあって、汀女は商いを手伝うというより、今は多忙な玉藻の代わりに後見《こうけん》を務め、甚吉は男衆として働いていた。

幹次郎は汀女と甚吉が一緒に帰ってきたのかと思ったのだ。

「そうではないぞ。今日は早上がりでな、暮れ六つ前に長屋に戻るとよ、うちの初太郎《はつたろう》が熱を出してよ、おはつがおろおろしているんだ。それで姉様の知恵を借りようと左兵衛長屋に呼びに走ったらよ、汀女様がうちにお出ましだ」

「姉様の看病で初太郎は落ち着いたか」

「そうではない。ふたりで戻ってみると、初太郎は荒い息をしてよ、ますますいけねえや。姉様がすぐに柴田相庵先生に往診《おうしん》を願えってんで、おれが山谷町に飛んでいってよ、爺さん先生としっかり者の女衆がいるだろ、ふたりを連れてきてよ、診《み》てもらったんだよ。夏風邪だそうで、あれこれと治療をしてもらって、ようやく寝ついたんでよ、姉様を幹やんの長屋に送ってきたところだ」

「そいつは大変だったな」

「親父稼業も気苦労が絶えないや」

初太郎の熱の正体が分かり、落ち着きを見せたので、安堵した様子の甚吉が、

「あの爺さん先生より女衆のほうが頼りになるな。柴田の老先生とあのお芳さん、できているのかね」

といい加減な話をした。それを聞いた仙右衛門が声を上げて笑った。

「番方、おかしいか」

「甚吉、事情も分からぬで、あれこれ無責任に推量話をするものではない」

と幹次郎が叱った。

「だって同じ屋根の下に暮らしているんだろう。あの爺さん先生、体じゅうがし

なびてはいるがよ、男に違いはねえぜ」

「甚吉、番方に山谷堀に叩き込まれるぞ」

「なぜだ、番方の知り合いか、お芳さんはよ」

「番方とお芳さんは幼馴染でな、兄妹同然に吉原の廓内で育った間柄だ。柴田相庵先生の肝入《きもい》りで近くふたりは祝言《しゆうげん》を挙げるのだ」

甚吉の足が止まり、仙右衛門を見て首を竦めた。

ふっふっふ
と番方が笑った。

「し、知らなかったんだよ。番方、悪気はないんだからよ」

「お芳に言うと大笑いしますぜ」

「やめてくれ、おはつに怒鳴られそうだ」

甚吉がますます情けない顔をした。

「甚吉、柴田診療所に薬をもらいに行くとき、五十間道で評判の甘味のひとつも手土産にして、厚く礼を申すのじゃぞ」

「わ、分かった」

と甚吉が答えたとき、三人の傍らを駕籠が追い抜いていった。

店仕舞いのあと、吉原に駆けつけてきた客だろうか。吉原は引け四つまでの一刻半（三時間）が勝負だった。

「甚吉、今晩はおはつさんと一緒にな、初太郎の寝ずの看病をせよ」

「ああ、そうするよ」

と甚吉が答え、

「番方、最前の冗談は忘れてくれよ」

と改めて願い、見返り柳の前に架かる土橋を渡って元吉町《もとよしちょう》の長屋に戻っていった。

ふたりは衣紋坂から五十間道を下って大門を潜り、ちらりと会所を見て、左手に曲がった。

面番所にはもはや同心の姿は見えず、廓内の治安を吉原会所に預けて八丁堀《はっちょうぼり》に戻っていた。

伏見町のうだつ屋の張見世には三人の遊女がいて、所在なげに格子窓から大門の方角を眺めていた。

「神守の旦那に番方じゃ、一文《もん》にもならないよ」

と煙管を弄《もてあそ》ぶ女郎のひとりが毒づいた。

「商いには照り降りがあらあ、胸ん中で馴染の客の顔でも思い出して念じてみねえ、引け四つ前に飛び込んでくるかもしれないぜ」

と仙右衛門が言うと暖簾を分けた。

幹次郎も腰から藤原兼定を抜き、菅笠の紐《ひも》を解いて番方に続いた。

「こんな刻限になんだい、番方。おや、神守の旦那も一緒かい」

と番頭の升蔵《ますぞう》が会所のふたりを迎えた。

「升蔵さん、染香は戻ってきたかえ」

「それなんだよ、旦那はいい女郎が入ったってんで、大喜びしていたんだがね、親父の法事に戻ったきり、音沙汰なしだ。金で身を落としたわけじゃないからさ、楼には一文の損もないし、足抜でもない。そんなわけで会所に届けも出してないよ」

「染香は怪我をしたそうじゃないか」

「なんでもむだ毛を剃っていて怪我をしたというんだがね、だれも見た者はいないんだ。浴衣も血で染まるほどの怪我でね、柴田先生の診療所で手当てを受けて、なんとか血が止まったよ」

「浴衣だが、竹垣に朝顔が絡まった染模様だな」

「番方、ようご存じだ」

「どうしたな、その浴衣」

「血に染まった浴衣かい、はて、どうしたかね」

「染香の持ち物はどうなっている」

「戻ってくるかと思ってさ、そのままになっているけど、大したものはないと思うよ」

「旦那に会って許しをもらう。そのあとで持ち物を調べさせてもらうぜ」

「番方、染香は戻ってくるかもしれないよ、一体全体どうしたというんだね」

「帳場に上がらせてもらうよ」

と仙右衛門は断わり、草履を脱ぎ捨てた。幹次郎も大階段の脇から延びた狭い廊下を抜けて帳場に向かった。

「番方、染香のことでなんぞお調べですかな」

岩鶴楼の男衆から小見世ながら妓楼の主に出世したうだつ屋の主、穀右衛門が長火鉢の前からいきなり尋ねた。表での話を聞いていたようだ。

「染香は染吉さんの娘ですってね」

「いかにもさようですよ。染吉さんに、いや、今はおそめさんだが、そのおそめさんに呼び出されてさ、娘をうちで働かせてくれないかと言われたときには正直驚きましたよ。金に困ってのことも思えないし、母親と同じ遊女になっていい旦那を見つけたいというじゃないか。そんな話を聞くのは私も初めてのことでね、最初は冷やかしかと思ったら、この娘、おっ母さん譲りの床上手ですぐにうちの看板女郎に出世ですよ。それが三月前のことだ。

ところが廓の外に出て法事から帰ってこない。なぜだと思いますね。女郎稼業に嫌気が差したとも思えないし、なんとか戻ってきてくれないかと願っているところだがね」

穀右衛門はいまだ染香の帰りを期待している風があった。

「穀右衛門さん、染香が姿を消した夜、西河岸で切見世女郎の白川が殺されたことを知っていなさるか」

「そうだってね、だれかの噂話に聞いて驚いたよ。白川は私と同じ楼にいたこともある女郎でね、なかなかの売れっ子でしたよ。そうだ、染香のお袋の染吉さんと一緒に岩鶴楼に出ていた仲ですよ」

穀右衛門は染香の不審《ふしん》な行状《ぎようじよう》と白川の死をまったく結びつけて考えてはいなかった。

「白川は小銭をあちらこちらに貸していたというじゃないか。金の貸し借りで殺されたのかね」

「毅右衛門さん、その線を追ってみた。だが、怪しい人物は浮かんでこない。白川が殺された夜、うちの小頭と神守様が浴衣の女を開運稲荷で見かけていたんだ。殺しの四半刻も前にね」

「あの宵は浴衣の女なんてごまんといましたよ」

「だが、竹垣に朝顔が絡んだ染模様の浴衣を着た女はそうはいない」

「なんだって、おまえさん方、染香を疑っているのですか」

「染香は同じ柄の浴衣を二枚持っていたんじゃないかえ。一枚は白川を剃刀で撫で斬ったときに血塗《ちまみ》れになっている。そこで前もってもう一枚を開運稲荷の社の陰に隠して、稲荷社の前で血染めの浴衣を脱ぎ捨て、新しい浴衣に着替えて逃げた。だが、慌てて着替えたときに二枚目の浴衣に血がついたのか、ともかく楼に戻って自ら手を切って怪我をしたと偽《いつわ》り、二枚目の浴衣も血で染まったように細工をした」

「番方、染香と白川にはなんの関わりもないよ。なんぞあればすぐに私らに分かるよ」

「だが、白川と染香の母親はその昔朋輩女郎だった。その上、なにが原因か知らないが、互いが剃刀を持ち出して刃傷沙汰を起こしている。そのことを毅右衛門さんはとくと承知のはずだ」

「まさか、白川殺しは二十年近く前のあの騒ぎに関わりがあるというのかい、そんなことがあっていいものか」

毅右衛門が茫然自失《ぼうぜんじしつ》した。

「毅右衛門さんの昔の記憶を頼りにしてきたんだがね」

「昔の記憶ですと、なんですね」

「染吉の旦那はだれですね」

「それが今度の一件と。そんな馬鹿なことが」

「白川と染吉の刃傷沙汰の因が金の貸し借りではなくて、なんぞ客を巡る諍いだったとしたら、とわっしらは考えたんだよ」

毅右衛門が黙り込んで遠い記憶を引きずり出す風情を見せた。だが、

「いや、そんな話はないよ、あるはずもない」

と首を横に振って否定した。

「正直言って、わっしらもたしかな考えがあってのことじゃない。だが、毅右衛

門さん、おふゆはなぜ染香の名で吉原に出たんだね、お袋と同じく金持ちの旦那を見つけるんなら、言っちゃ悪いがうだつ屋さんのような小見世ではなくて、薄墨や高尾太夫がいる三浦屋《みうらや》のような大籬のほうがよかろうじゃないか。染香と名乗ったおふゆは美形だし、遊女の才があったんでしょうが。それだからこそ三月《みつき》もせぬうちにこちらの売れっ子になった」

毅右衛門は沈思したままだ。

「なんでも染香には住み替えの話もあったってね」

「ありましたよ、三浦屋さんじゃないけど、五丁町の大籬から話がいくつかございましたよ」

「染香はその話に乗りましたかえ。こちらがいいと答えたんじゃないですかえ」

「ええ、まあ」

「つまり染香には一時だけ吉原にいなきゃならない理由があったんじゃないんですかえ」

「その目途《もくと》が白川殺しと言いなさるか、番方」

仙右衛門が頷いた。

「なんぞ深い因縁でもないとね、白川の首筋を剃刀で深々と撫で斬るなんて芸当はできっこないよ」

ふうっう
毅右衛門が大きな息を吐いた。

「染香、いや、おふゆの父親はだれですね。毅右衛門さんは承知じゃないのかえ」

「最前からあのころのことを思い出そうとしてるんだがね。私は妓楼の主ではございませんでしたしね、ただの男衆だ。遊女のすべてを知らされていたわけじゃなかったよ」

「知らないと言われるんで」

「いえね、覚えていることならばすぐに話しますよ。なんだか靄《もや》でもかかったような曖昧な記憶しかございませんのさ、岩鶴楼に奉公していたころのことは」

「毅右衛門さん、染吉は鐘ヶ淵の寮で娘を産んだそうですね、だが、その娘はどこかに里子に出された」

「そんなことがあったかもしれない」

「染吉を孕ませた客はだれですね」

毅右衛門が大きな息を吐いた。

「染吉をうちの女将さんが問い詰めたんですよ、だれが父親だって。たしか父親になる可能性のある客が三人ばかりいたはずだ。だが、その三人ともが私と関わりはありませんと逃げたと聞きました」

「里子に出された先は、全く関わりがないところですか」

「あの当時、岩鶴楼の上客に魚河岸《うおがし》の魚善小左衛門《うおぜんしょうざえもん》さんがおられて、染吉が子を孕んだ話を聞いて、吉原で女郎が子持ちで暮らすのは辛《つら》かろうと養女にしたんだったと思ったがね」

「魚善の旦那は、染吉の客ではなかったんで」

「いや、たしか小左衛門の旦那は、朋輩の白川が馴染でしたよ」

「まさか小左衛門の旦那がおふゆの父親ということはございますまいな」

「岩鶴楼は、吉原の中でもかなり風変わりな楼でございましたよ、習わしや仕来たりなんぞは糞食らえで、一見《いちげん》の客でも金次第では一夜目から遊女と床入りができたしね、こいつが祟《たた》って後々岩鶴楼は潰れた、いや、吉原の古い暖簾を守る老舗《しにせ》の楼に目の敵《かたき》にされてね、潰された。こいつは先代の四郎兵衛さんの時代の話でね」

と敎右衛門が言い訳した。

しばらく座に沈黙があった。

「魚善小左衛門様は健在でございますかな」

と幹次郎が口を開いた。

「いえ、十数年前、亡くなられましたよ。今は倅さんが小左衛門の名跡《みょうせき》を継いでおられます」

と穀右衛門が呟き、

「私にはどうしても岩鶴楼時代の諍いが白川殺しにつながっているとは、それも染香が下手人とは信じられませんよ」

と言い足した。そこへ番頭の升蔵が染香の残した風呂敷包みひとつを提げてきた。

「番方、神守様、私も先代の魚善小左衛門さんを承知していました、たしかに女好きのお方でね、廓内でも決して評判はよくなかったと思います。そのほうが馴染でもない染吉の子を養女にしただなんて、知りもしなかった。番方、これはひょっとしたらひょっとしますよ。小左衛門さんは白川に内緒で染吉と関係を持っておりましたかな、そう考えると染吉と白川が剃刀を構え合って刃傷沙汰を起こしたのも理解できる」

四郎兵衛は、仙右衛門の報告を受けてそう答えたものだ。

番方は染香が残した風呂敷包みを解いた。そこには血染めの浴衣の他にわずかな着替えがあるばかりで、なにか手掛かりのようなものはひとつも残されていなかった。染香はやはり吉原に戻る気はなかったのだ。

「うだつ屋の毅右衛門さんは白川と染吉が争った、真の理由を承知していないのでしょうか」

と番方が四郎兵衛に訊いた。

「たしかに岩鶴楼は一風変わった楼ではありました。それが売りで急に客足が増えたはずだ。だから、仕来たりを重んじる老舗からは排斥《はいせき》されたでしょうな、そんな風な楼でしたから、白川の客の魚善の先代が染吉にちょっかいを出して、子を孕ませるなんて芸当もできたかもしれない。毅右衛門さんは承知かもしれない、だが、自らが小見世の主になった今、そんな楼でしたとは答えないかもしれませんな」

「だめでもともと、明日にも魚善の当代に会って里子のおふゆの一件を訊いてみます」

仙右衛門が言い、四郎兵衛が頷いた。

「それと下富坂町でおそめとおふゆのふたりが見つかるといいがね」

「奇妙な親子ですよ、稲荷のご利益で生き抜いていやがる。せいぜいわっしらも油揚げを用意して下富坂町を訪ねましょうかね」

と番方が答えたものだ。

四

翌朝四つ（午前十時）前に番方の仙右衛門と神守幹次郎は、魚河岸の安針町《あんじんちょう》に当代の魚善小左衛門を訪ねた。

魚河岸の商いは朝が早い。すでに仲買人など客の数は少なく、日本橋川《にほんばしがわ》にも漁師船の姿はなかった。

魚善の店頭に立つとねじり鉢巻きの小左衛門が奉公人と一緒に車座になって賄《まかな》い飯を食っていたが、

「おや、吉原の、魚を購《あがな》いに来たわけじゃねえな」

と問いかけた。

「お察しの通りそうじゃないんで」

「おりゃ、親父がいい加減な遊び人でさ、店に迷惑のかけ放題だった。そんなわけで吉原に罪はねえが、吉原が嫌いでね、大門を潜ったことなど覚えてもいねえよ。弱い尻を持ち込まれる謂《いわ》れはねえがね」

「小左衛門さん、いかにもさようだ。ちょいとお知恵を借りたくてお邪魔したんでさ」

「番方に下手《したて》に出られると気味が悪いぜ」

小左衛門が店から出てくると、ふたりを店の傍らにある安針町の稲荷社に連れていった。ちなみに魚河岸には浮世小路《うきよこうじ》の堀留《ほりどめ》とこの安針町の二か所に稲荷社があった。

幹次郎は今度の騒ぎは最後の最後まで稲荷社とは縁が切れそうにないと漠《ばく》と思った。

「なんだい、番方。凄腕の神守様まで伴《ともな》ってよ」

「亡くなった親父様のことでね」

「やっぱりな、そんなこったと思ったぜ」

と当代の小左衛門がぼやいた。

「事情を話します、聞いてくれませんかね」

首肯した小左衛門は、三十四、五の働き盛りだった。赤い鳥居に片手を掛けた仙右衛門は、白川が殺されたことに始まる騒動の展開をざっと告げた。

「けえっ、おふゆが絡んだ一件だって」

「親父さんは、なぜ馴染でもない染吉の子を養女として引き取ったのですかね。先代の馴染女郎は殺された白川だったはずだ」

「あの騒ぎがきっかけで白川が鉄砲女郎にまで身を落としたとしたら、親父は罪作りもいいとこだぜ。番方、親父はさ、おふゆの父親は自分じゃねえかと思ったからこそうちに引き取ったんだろうよ。遊びにはだらしないくせに、底抜けのお人よしでさ、染吉に言われてその気になったんじゃないか」

「やはり先代は染吉とも関わりがありましたか」

小左衛門が苦虫を噛み潰したような顔で、

「岩鶴楼の白川と染吉、最初から仲が悪かったわけじゃねえそうだ。どちらかというと姉妹のように親しい間柄でな、お茶を挽《ひ》いているときなんぞは、互いの座敷に呼んだり呼ばれたりして、染吉は親父とも顔馴染だった。どこでどう話がついたんだか、中村座《なかむらざ》の役者の中村種五郎《たねごろう》を交えて、客ふたりと女郎ふたりで同衾《どうきん》したこともあったらしいぜ」

「驚きましたな。ただ今の吉原では考えられない話でさあ」

「吉原の番方に言うのもなんだが、明和ごろの吉原のあるところじゃ、仕来たりを外した遊びが流行っていたそうじゃないか。ともかく親父は、染吉の腹の子を自分の子と思い込んでいたんだ。それで養女にもらうことにしたんだがな、お袋は女郎に産ませた娘を家に引き入れたってんで、えらいおかんむりだ。それに吉原では、この話を巡ってかどうか白川と染吉が仲違いをして、剃刀持ち出して刃傷沙汰を起こしたとか。親父は染吉にそれなりの金子をつけておふゆを返したのさ」

「そのころ、わっしは会所の駆け出しでしたが、そんな揉めごとがあったなんて知りもしませんでしたよ」

「番方、おれがなぜこんな話を承知かというとさ、親父が死んだとき、役者の中村種五郎が通夜に来てね、斎《とき》の酒に酔って、おれにだけくっ喋っていったからなんだ。最初は、おふゆが親父の娘だとは、種五郎さんの話を聞いても半信半疑でね」

「で、ございましょうね」

「番方はどう思いなさる。おふゆはおれの異母妹《いもうと》か」

「さあて、こいつばかりは染吉さんじゃないと分からない話だ」

頷いた小左衛門が、

「おふゆが物心ついたかつかないうちにうちを出て、十五、六年にはなるか。切見世にまで身を落とした白川を、おふゆがなんで斬り殺す曰くがあったのかねえ」

「おそらく白川と染香ことおふゆは、剃刀を振るったときが最初の出会いでしたでしょうよ。こいつはわっしの勘ですがね」

「親父の人柄がよかったなんて呑気《のんき》に倅が言っている場合じゃねえや」

と小左衛門が吐き捨てた。

「小左衛門さん、よう話してくれました、恩に着ますすよ。先代らのそんな遊びを許していた岩鶴楼にもそのころの会所にも責任の一端はございます。わっしらも肝に銘《めい》じなけりゃいけねえことだ」

「染吉は深川の客が身請けして、おふゆもそっちでともに幸せに暮らしていると思っていたんだがね」

「染吉を落籍したのは、聚楽塗りの名人、鏝万の万ノ助親方でしてね、吉原を出ておそめの本名に戻った母親とおふゆは一緒に鏝万の家で幸せに暮らしていたんですよ。だが、その幸せも長くは続かなかった。先代の親方夫婦が相次いで亡くなり、亭主の鏝万も普請場で怪我をしたのが因で死んだんで」

「そうだったか」

「だが、おそめとおふゆの親子には鏝万の親方が残した家作があった。そいつを売り払い、鯖稲荷の近くに小体な家を建てて移り住んだそうで。おそめはまだまだ色香を残していましたんでね、そのころに新たな旦那を持ったんじゃないかと思えるんでございますよ」

「吉原を出ても落ち着かなかったか。それで親子は今どこにいるんだい」

「水戸様の御屋敷裏の下富坂稲荷界隈で、おそめの姿を見かけた人がおりましてね、わっしらはこれからそちらに向かうんでございますよ」

と仙右衛門が話を締めくくり、なんぞ尋ねることがあるかという風に幹次郎を見た。

「小左衛門どの、おふゆが白川を殺したのはまず間違いないところにござろう。そのおふゆをそれがしと小頭が見かけたのは、廓内の開運稲荷でござった。さらには移り住んだ町が鯖稲荷近く、そして、こたび姿を見られたのが下富坂稲荷と、おそめとおふゆの親子が移り住むところには稲荷社がござる。おふゆの話を聞きに参った魚河岸でも、こうして稲荷社で話し合っておる。おふゆも、私はお稲荷さんの申し子と言っていたようですが、どうしてであろうか。ただひとつ、ふたりが稲荷社に縁がなかったところが深川蛤町の鰻万の親方の家だ」

「親父はたしかにお稲荷さんの熱心な信者にございましたよ、なんたって東海道を上り下りして伏見稲荷やら、常陸《ひたち》の笠間《かさま》稲荷にお参りに行ったくらいだ。この稲荷社にもそれなりの寄進《きしん》はしているはずだ。そんな信心《しんじん》がおそめからおふゆに伝わったかねえ」

と小左衛門が首を捻った。


小石川富坂町は水戸藩上《かみ》屋敷の北側に位置して、周囲をぐるりと武家屋敷に囲まれてあった。西から上《かみ》富坂町、中《なか》富坂町、一番東側に下富坂町が短冊形に広がっていた。

下富坂町は南北が九十間（約百六十四メートル）余り、東西が四十七間（約八十五メートル）前後あった。

大工の棟梁の広次郎とおかみさんが四、五年前、おそめに会った下富坂町の稲荷社は町の南側に割り込むような位置で、すぐに見つかった。

ふたりは油揚げこそ持参しなかったが、なにがしかの賽銭を上げて事件の解決を願った。

「さて、どこぞ訊くところはねえか」

仙右衛門が呟くところに町役《まちやく》のような黒羽織姿の男が通りかかった。

「ちょいとお尋ね申します」

「なんですねえ」

と年寄りが仙右衛門と幹次郎を交互に見た。

「この界隈におそめさんとおふゆさんの親子が住んでいるはずなんだが、ご存じございませんか」

「なんだい、おまえさん方もおそめさんとこの弔いかえ。この先の善雄寺《ぜんゆうじ》だ、一緒に行こうか」

と思いがけないことを言い出した。

「弔いですって、どなたが亡くなったんで」

「なんだい、それも知らずに来なすったか。おそめさんとおふゆさんの親子が殺されたんだよ」

幹次郎も仙右衛門もいきなりの展開に言葉を失った。

「一体全体だれが親子を殺したってんで」

「そりゃ、おまえさん、美濃郡上藩《みのぐじょう》青山《あおやま》様の小十人組《こじゅうにんぐみ》七十六俵の碇山軍太夫《いかりやまぐんだゆう》って侍《さむらい》だ」

「お侍ですって、おそめさんの旦那ですかえ」

「馬鹿言っちゃいけない。おふゆさんを嫁にしようとした侍だよ。碇山様は三十三だがまだ独り身、それがおふゆさんに懸想《けそう》してなんとか上役の養女にして、自分の嫁女にするところまで漕ぎつけたのが半年も前のことかね」

「それがどうして嫁になるはずのおふゆを殺したんでございますか」

「大きな声では言えないが、なんでもおそめさんが吉原の出ということが分かってさ、碇山様が錯乱《さくらん》して刀を振り回して親子を斬り殺したって話だぜ。郡上藩では血塗《ちまみ》れになって御長屋に戻ってきた碇山様を取り押さえようとすると、腹に刀を突き立てて死んでしまったという話だ。郡上藩でもただ今よ、あちらこちらに金子を遣って、碇山の錯乱はおそめとおふゆ殺しと無関係としてな、蓋をしようとなさっているそうな」

幹次郎も仙右衛門も合点《がてん》がいかないままに弔いが行われる善雄寺の門前に来た。

町内の五人組の町役と隣近所数人が集まった弔いだった。

ふたりは弔いに参列し、おそめとおふゆの座棺《ざかん》が善雄寺の墓地に埋葬されるのを見送った。そして、黒羽織の町役の年寄りに誘われるままに斎の席に出た。酒にするめが供されただけの斎だった。

「おそめさんとおふゆさんが在所に半年余り戻ってよ、久しぶりに下富坂町に戻ってきたと思ったらこの騒ぎだ。この次は碇山様とおふゆさんの祝言かと思っていたがね、弔いだとよ」

と幹次郎の隣の男がするめを嚙みながら言った。

「碇山どのは、いつおそめとおふゆ親子を殺そうと考えたんでしょうな」

と幹次郎は自らの不審をだれとはなしに問うた。

「お侍、私はおそめさんの家の隣住まいですがね、一昨日《おととい》の明け方のことだ。いきなり騙したなって碇山様の叫び声がしたかと思ったら、売女めとか、女郎上がりがという喚《わめ》き声がして、ぎゃああ、って凄い声が次々に起こって、静かになったんだよ。男の啜り泣く声がしていたがよ、しばらくした後、いきなり表に駆け出していったんだ。分かっているのはそれだけでよ、青山様ではこの界隈に口封じをなさったしね、御用聞きにも金子を遣ってあれこれと策を弄されているから、なにが起こったのか、ほんとうのところは分からないのさ」

「九兵衛《きゅうべえ》さん、斬った碇山様も亡くなった、斬られたふたりも墓に埋められた。分からないことを今さら突《つつ》いても詮無《せんな》いよ」

と町役のひとりが九兵衛の口を止めた。


仙右衛門と幹次郎は斎の場に四半刻ほどいて辞去した。

「番方、まさかかような展開が待ち受けているとは努々《ゆめゆめ》考えもしなかった。どうしたもので」

「わっしも最前からそいつを思案しているんですがね」

と善雄寺門前から下富坂町に戻り、通りがかりの女におそめとおふゆの住まいを尋ねた。

「おそめさんとおふゆさんなら訪ねても無駄だよ」

「いえ、わっしら、弔いの戻りなんで。せめてふたりが死んだ住まいに線香を手《た》向《む》けたいと思いましてね」

「なんだ、そんなことかい。稲荷社の脇道を入った突き当たりの黒板塀ですよ、でもさ、町奉行所の手で表口も裏口も封じられておりますからね、外からしか見られませんよ」

「それで結構なんで」

稲荷社脇の路地を入ると突き当たりに言われた通りの黒板塀の家があった。門は閉じられた上に御用聞きの手先が立っていた。

「なんだい、おまえさん方は」

「亡くなったふたりの知り合いでございましてね、弔いの戻りにせめておそめさん、おふゆさん親子の霊を慰《なぐさ》めたいと立ち寄ったんでございますよ」

仙右衛門が言うと、門内に向かって合掌《がっしょう》した。そこで幹次郎も倣《なら》って手を合わせた。

「青山様のお屋敷は新坂《しんざか》にございましたかね」

と合掌を終えた仙右衛門が手先に訊いた。

「いかにも新坂だがよ、行っても無駄だよ。郡上藩じゃあ、こっちの一件は知らぬ存ぜぬを押し通すそうだからな」

美濃郡上藩四万八千石青山大膳亮《だいぜんのすけ》幸完《よしさだ》の屋敷は水道橋に近い新坂東側にあった。門の前で思案していた仙右衛門が、

「よし、当たって砕けろだ」

と言い残すと門番に近づきなにごとか耳打ちした。門番は玄関番に仙右衛門の訪いの理由を告げた。しばらく待たされたあと、玄関番の若い侍が門前まで来て、

「用人《ようにん》様がお会いになる」

と門番に告げ、仙右衛門が幹次郎を手招きした。

青山家用人小山内総兵衛《おさないそうべえ》とふたりの面会は、御用部屋で行われた。

「吉原会所の者がなんぞ用か」

江戸に屋敷を置く大名諸家や直参《じきさん》旗本家では、接待に吉原を使うこともあり、また家臣が遊興に出入りして諍いを起こすこともあった。それゆえ用人や留守居《るすい》役《やく》は吉原会所とそれなりのつながりを保っていた。

仙右衛門はそのようなことを門番に匂わせて小山内用人との面会に漕ぎつけたのだ。

「数日前のことでございますよ。西河岸の切見世でひとりの女郎が殺されましてね」

と仙右衛門が前置きして、白川殺しからおふゆを探して小石川下富坂町に辿りついた経緯を告げた。

小山内用人は仙右衛門の話が終わっても長いこと無言を貫《つらぬ》いた。

仙右衛門も小山内の答えをじいっと待った。

「吉原会所はこの一連の騒ぎをどうする所存か」

「わっしらはただ今おそめとおふゆの弔いに出て参りました。碇山様も自裁《じさい》されたそうな。わっしらは関わりを持った者がすべてこの世の者ではございません。それでも真相を突き止めるのがわっしらの仕事にございましてね、そいつを世間に知らしめようなんて魂胆は一切ございませんので。わっしらが探索したことに基づいて最後の判断を下すのは吉原会所の頭取四郎兵衛にございます。されど七代目も間違いなく、わっしらの報告を黙って聞かれた上で胸に納める、それだけのことにございましょう」

「しかとさようか」

「二言《にごん》はございません」

「碇山軍太夫は今時珍しくも武骨《ぶこつ》な男でな、下富坂の稲荷社で会ったおふゆに惚れて、なんとしても嫁にしたいと考えたようだ。上役に相談すると、町娘を嫁にする手がないわけではない、たとえばおれの養女にしてそなたのもとに嫁に行かせる方法もある。じゃが、それもこれも相手がうんと言った上でのことだと諭したそうな。上役としては碇山が諦めるかと思ってのことだったが、碇山は張り切りおってな、おそめとおふゆにあれこれと贈り物などをしたりして、心を摑み、相手のおふゆも七十六俵といえども武士の妻になることを望んだようだ。そこまで進んだところでおそめ、おふゆの親子は在所の許しを得てくると江戸を離れた」

「ふたりは江戸を離れたわけではございませんので、源兵衛堀の職人長屋に住まいして、おふゆを吉原に沈めた」

仙右衛門が言うと小山内用人が頷いた。おそらく郡上藩では目付が動いておそめ、おふゆの過去を探ったのであろう。

「おそめとおふゆの親子は吉原の昔の朋輩にずっと付きまとわれていたようだな。おふゆは、その者を亡き者にしないと武家の妻になれぬと大胆な行動をしたのではないか」

仙右衛門も幹次郎もいまだ知らぬ白川の隠された一面だった。それでも、

「おそらく小山内様の推測通りにございましょう」

と番方が口裏を合わせた。

「親子がその者の口を封じて下富坂の家に戻った日、碇山軍太夫が怒りに震えて、

ふたりのもとを訪れた。おふゆが殺した女郎は生前に碇山軍太夫に書状を差し出して、親のおそめの出自から、娘のおふゆの父親がだれとも知らぬ客のひとりだとまで告げたのだ。碇山の懐に白川なる女郎が出した、金釘流の書状が残されておったで、われら、碇山の錯乱の事情を知ることができたのだ」

「その書状はどうなされたので」

「町方と話し合い、処分致した。それでよいな」

「へえ」

「もはやこの話はこれで仕舞いじゃ」

「碇山軍太夫様が何とも痛ましゅうございます」

「いかにもさよう。じゃが、あやつは痩せても枯れても武士であった。分《ぶん》を超えて幸《さち》を求めようとしたところに無理があったのだ。そうは思わぬか」

仙右衛門がただ黙って頷いた。

幹次郎はおそめ、おふゆの親子がなぜ稲荷社の傍らばかりに幸を求めたのだろうかと考えていた。

第四章　茶の接待

一

長く暑い夏が過ぎ去って秋が到来した。

吉原の中にも秋の気配はあちらこちらに見えた。吉原会所の傍らにある梅の古木の葉が虫食いだらけになって、鉄漿溝の土手に生えた柿の木の実が日いち日と大きさを増していた。

神守幹次郎と汀女が住む浅草田町の左兵衛長屋では、井戸端で薄紅色の萩《はぎ》の花が風になびいていた。

その朝、幹次郎は髪結《かみゆい》のおりゅうと顔を合わせた。

「神守様、久しぶりですね」

「泥棒猫のように夜半過ぎにそっと戻ってくるでな、おりゅうさんの姿を見ることはなかった」

「汀女先生がお気の毒に思います」

「これがそれがしの務め、これで三度三度の飯を食うておるのだ。致し方あるまい。おりゅうさんとて遊女に呼び出されれば、どんな刻限でも道具箱を抱えて吉原に駆けつけるであろう。一緒だぞ」

「そうは言われますが、こちらは斬ったはったはございませんよ」

と苦笑いした。

おりゅうは吉原に出入りを許された髪結だ。吉原の場合、男の髪結が多いが、おりゅうは母親の代からの髪結稼業で、老舗の楼の遊女衆に贔屓《ひいき》を持っていた。

「白川さんの弔いが浄閑寺《じょうかんじ》で行われたそうですね」

「面番所が会所に亡骸《なきがら》を戻してきたのだ、会所でやるしかあるまい。寂しい弔いではあったが殺した下手人の最期を報告できたことがせめての救いかのう。おりゅうさん、白川を承知であったか」

「死んだおっ母さんが染吉さんと白川さんに贔屓にされておりましたから、仕事の場に連れていかれて、どちらからでしたか干菓子をもらった思い出があります。

私の代になってからはおふたりともに仕事の上での関わりはありませんでした」

それはそうであろう、ひとりは廓外に身請けされ、もうひとりは切見世へと転落していったのだから、おりゅうの手が髪を梳《す》くことはあり得なかった。

「おっ母さんがね、白川さんの筆跡《て》はなんとも美しい水茎《みずぐき》だったと、どこぞに文を書きながら呟いた言葉が頭に残っております」

「おりゅうさん、記憶違いではないか。白川の筆跡はひどい金釘流であったぞ」

「神守様、私も白川さんの文を見たことがございますが、それは惚れ惚れするような筆跡にございました。ところが西河岸に落ちたころ、軽い中気に見舞われ、右手が動かなくなったと聞いたことがあります。神守様が見られたひどい筆跡はそのせいにございますよ」

「そうか、そのような理由が隠されておったか。われらの探索、足りたとはいえなかったな」

と幹次郎は後悔の言葉を吐いた。

「お先に」

と言い残したおりゅうが独り住まいの長屋に戻っていった。

秋の日差しに光る萩の花を見ながら幹次郎の脳裏に駄句が浮かんだ。

文字のうら　人それぞれの　秋模様

長屋の戸が開く音がして汀女が顔を覗かせ、

「味噌汁が冷めますぞ、幹どの」

と呼びかけた。そして、幹次郎の様子を見て、

「なんぞ五七五が浮かびましたか」

と笑みの顔で問うた。

「姉様、そのようなことではない。おりゅうさんと話してな、人の来《こ》し方をつい考えておった」

「あら、勘違いをしましたかね。それにしても近ごろ、幹どのは詠《よ》んだ句を胸の中に溜めてなかなか披露なされませぬな」

と汀女が恨めしげな顔をした。

「五七五を思案する暇があるものか、姉様、考え過ぎじゃ。早う朝餉《あさげ》を済ませて初太郎の顔を覗きに参るか」

「風邪も治ったそうな、こじらせずにようございました」

幹次郎が井戸端から長屋に戻ると朝餉の仕度ができていた。

夫婦は膳に向かい合い、鰺《あじ》の干ものと茄子《なす》の味噌汁で朝餉を早々に済ませた。

昨夜から初太郎の風邪回復の祝いに行こうと約束してあったのだ。汀女は朝いちばんで浅草田原町《たわらまち》の菓子舗きさらぎ堂に出かけ、赤飯を買ってきた。それを見舞いの品に携《たずさ》えるとふたりは長屋の敷居を跨いだ。

「おや、今日はいささか会所の出勤が早うございますな」

廓内の江戸町一丁目の楼の通い番頭を務める伊佐蔵《いさぞう》が井戸端から声をかけてきた。

「ちと立ち寄り先がござってな、風邪を引いておった足田甚吉の子が平癒《へいゆ》したというで顔を見に行くのだ」

「汀女先生も一緒ですかい、結構結構。あんまり御用専一《ごようせんいつ》と飛び回っておられると、おりゅうさんじゃあないが心配だ。さすがの汀女先生も悋気を起こしますよ。神守様はえらく遊女衆に人気が高いからな」

おりゅうと幹次郎のやり取りを聞いていたか、伊佐蔵が真顔で言った。

「人気があろうとなかろうと遊女衆と会所の者は別の法度のもとに生きる者同士にござる。それを承知の遊女衆がそのような戯言《ざれごと》を漏らされるのであろう」

「この亭主どのの返答、汀女先生はどう考えますな」

「幹どのが申されたことに尽きまする」

と応じた汀女と幹次郎は長屋の木戸口に向かった。

「私どもがなんとか暮らしが立つようになったのも会所のおかげ、豊後岡城下を出たときは、かような暮らしが待っていようとは思いもしませんでしたよ」

「吉原に辿りつくまでには長い流浪《るろう》の旅があった」

「北国街道《ほっこくかいどう》で氷雨《ひさめ》に打たれて身を凍《こお》らせることもしばしばありましたな」

「ようも生き延びたものよ」

「遊女衆の暮らしを見ておりますと贅沢など申せませぬ」

「白川の一生を考えてのことか」

「いえ、白川様ばかりではございませぬ。薄墨太夫とて吉原の籠の鳥であることに変わりはございますまい。幹どの、妹の夢を消すようなことがあってはなりませんぞ」

と汀女が微妙な言葉を告げたとき、ふたりは山谷堀の土手道に出ていた。

妹とは薄墨のことだった。

汀女も薄墨が幹次郎を思慕《しぼ》していることを承知していた。だが、思慕は思慕に過ぎなかった。一線を越えたとき、三人には悲劇が待ち受けている。そんなことを知らない幹次郎でも薄墨でもなかった。そのことを汀女が遠回しに告げているのか、はたまた別の考えがあってか。

「姉様、それがしにとって薄墨太夫も切見世の女郎衆も一緒じゃぞ、女郎衆のただ今の暮らしを守るのが務めでな」

と呟く年下の亭主と、頷く姉様女房の前を番《つが》いの秋茜《あきあかね》が飛び去っていった。


浅草元吉町の長屋には初太郎の襁褓《むつき》が秋の日差しを浴びて干されていた。その下で甚吉が洗濯を終えた風で一服していた。

「初太郎の熱は下がったそうじゃな」

「幹やんに姉様か。相庵先生とお芳さんの言いつけを守ったでな、快癒《かいゆ》したぞ。洟《はな》も垂れぬようになった。もう大丈夫だ」

「甚吉どの、ようございました。初太郎さんの顔を見ていきましょうかな」

と汀女が答えるところにおはつが初太郎を腕に抱いて姿を見せた。

「汀女様、神守様、おかげ様で元気になりましたよ」

というおはつの腕の中で初太郎がにこにこと笑っていた。高熱と洟のせいか、鼻の下がかばかばに荒れていた。

「おはつさん、私に初太郎ちゃんを抱かせてくださいな」

と汀女が赤飯を幹次郎に渡すと、おはつの手から初太郎を受け取り、

「初太郎どの、高い高い」

と両腕を秋空に差し伸ばした。すると初太郎が、

「きゃっきゃっ」

と大きな声で笑った。

「この様子なればもう病は治りましたよ」

幹次郎が病平癒の祝いの赤飯を出した。

「甚吉さん、きさらぎ堂のお赤飯です、おふたりにお礼を言うてくださいな」

「おはつ、われら三人、岡藩の貧乏長屋で育った仲、いちいち礼などいらぬわ」

「またこれです。これでよう山口巴屋様が雇うてくれましたな。それもこれも神守様と汀女先生の口添えがあればこそ」

「おはつ、苦しいときは相身互《あいみたが》いに助け合う、これが貧乏育ちの礼儀でな、口に出して礼など言うても詮無いわ」

「これですよ、汀女先生、神守様、お許しください。今、茶にしますからな」

四半刻ばかり、甚吉のところで初太郎をあやしながら時を過ごした汀女と幹次郎は、

「早く治ってよかった」

と改めて見舞いの言葉を述べると足田甚吉の長屋を辞去しようとした。すると甚吉が、

「姉様、玉藻様にな、もう初太郎の風邪が治りましたで、いつも通りに勤めさせてくださいと言うておいてくれぬか」

と最前のおはつの言葉を気にしたか真顔で願った。

「甚吉さん、分かりましたよ」

と汀女が受けて、ふたりは見返り柳に向かう土橋まで戻ってきた。

「今朝は四郎兵衛様の供で伊勢亀さんのお店に参る」

と汀女に午前の務めを告げた。

「御蔵前の騒ぎが残っておりましたな」

「いよいよ田沼様の一周忌が近づいてきた」

幹次郎は険しい顔に戻して汀女に答えた。

江戸の米相場を左右する力を持つ札差百九株を二分して、伊勢亀派と香取屋一

派の新旧勢力の暗闘が繰り広げられていた。

「幹どの、あとでお会いしましょう」

「それがしとなんぞ約定《やくじょう》があったか」

「そのときになれば分かりますよ」

と汀女が謎の言葉を残して今戸橋へと歩いていった。

幹次郎はその背を見送りながら、汀女との約束を思い出そうとしたがどうしても思い出せなかった。

「裏同心どの、こちらに」

幹次郎が大門を潜ろうとすると南町奉行所隠密廻り同心の村崎季光が手招きをした。

「本日は気持ちのよい秋日和《びより》にございますな」

「いかにもいかにも」

と笑みの顔で応じた村崎が、

「立ち話ではなんだ、面番所に入られよ。茶を進ぜよう」

と幹次郎を誘った。過日の吉原会所に表口の出入りを許すと言ったことといい、村崎同心の気持ちを幹次郎は推《お》し量《はか》れなかった。

吉原の大門の西と東に面番所と吉原会所があった。

町奉行所監督下の吉原は、南北町奉行所の隠密廻りが治安を司《つかさど》った。だが、吉原では二万七百六十余坪の廓内の治安と自治を金子と接待で懐柔《かいじゅう》して奪い取り、実質的な実権を吉原会所が握っていた。とはいえ、町奉行所隠密廻りが吉原に常時派遣されて、廓内の監督権がどこにあるか示そうと、吉原会所に向かってかたちばかり睨みを利かしていた。

「驚きました」

と殺伐《さつばつ》とした土間に入った幹次郎が呟いた。壁には捕物道具の突棒《つくぼう》、刺叉《さすまた》、長十手、梯子《はしご》などが掛かっていた。

「なにを驚くな」

「それがし、何年も吉原に厄介になっており申すが、面番所に招かれたのは初めてにござる」

「そうか、そうであったかのう。面番所と会所は大八《だいはち》の両輪のようなものじゃぞ。片方が壊れては役にも立つまい」

「真にその通りかと」

村崎は奥に控える老爺《ろうや》に茶を命じて、幹次郎に向き直った。

「白川殺しの一件、下手人が斬り殺されて落着したそうだな」

「会所からこちらに報告が届いておりませぬか」

「届いておる。なんと白川の昔の朋輩の娘が吉原に身を沈めるふりをして白川殺しをしてのけたようだな」

「ということにございます」

幹次郎は村崎の真意を測りかねて曖昧に返答をした。

「斬り殺したのは美濃郡上藩青山家の七十六俵の家来どのじゃそうな。男とは哀《かな》しいものよのう、女に狂うて自滅することになる」

「まあ、そのようでございますな」

「そなたなど美形の女房を持った上に吉原の太夫とも仲ようて、哀しい男の性《さが》など分かるまいのう。おお、茶が来た。たまには面番所の渋茶もいいものだぞ」

と村崎が幹次郎に茶を勧めた。

「恐縮至極《きょうしゅくしごく》にございます。ところで村崎どの、なんぞ用があるのではございませぬか」

「用な、あるといえばある」

「どのような御用にございますな。面番所の同心どのが会所の雇い人に遠慮される謂れもございますまい」

「なあに、吉原が関わった事件はすべてこの面番所、つまりは江戸町奉行所隠密廻りが始末致す」

村崎は言わずもがなのことを言い出した。

「それで」

「それでとは冷たい返事かな。白川の一件が落着したのだが、うちでも青山様に事の発端を説明に参ろうかと思うてな、用人の名はなんと申されたな。奉行所で上役に聞いたのだが、その名が思い出せんでな」

「たしか小山内総兵衛様」

「そうそう、つい失念しておった。そんなわけで小山内様にご挨拶を申し上げるでな、吉原会所もそう承知しておいてくれということだ」

「は、はあ」

と曖昧な返事をした幹次郎が、

「御用とはそれがしに断わりを入れることにございましたか。この一件は七代目か番方に申すべき事柄、それがし、吉原会所にあってなきがごとき存在にございますればな」

「なにを申すか、そなたなくば吉原会所がにっちもさっちもいかないのはだれもが承知のことよ。というわけで御用は済んだ」

と村崎季光が揉み手をした。

幹次郎は首を傾げながら大門の内側を横切って会所に入った。すると宗吉がいて、面番所を手で指し、

「村崎同心に嫌味を言われましたか」

「いや、それが曖昧な話でな、それがし、どうにも解《げ》せなんだ」

と応じると幹次郎は奥の座敷に通った。するとそこに四郎兵衛と仙右衛門のふたりが茶を喫して待っている様子であった。

「面番所の茶はどうでした」

「ご存じでしたか」

「なあに、若い衆がね、神守様が面番所に呼び込まれたと早速のご注進《ちゅうしん》にございましてな、また難題を吹っかけられたのではないかと案じておりました」

「それがなんとも曖昧模糊《もこ》とした話にございまして得心《とくしん》がいきませぬ」

と前置きした幹次郎が村崎同心の話を伝えた。

話を聞いた仙右衛門が舌打ちし、四郎兵衛は苦笑いした。

「おふたりして村崎どのの話、得心なされましたか」

「神守様では分かりますまいな。小役人《こやくにん》が思いつきそうな話にございますよ」

「ほう」

「ほうではございませんや。村崎の旦那ね、うちからの報告を聞いて、こいつは金になると思ったのですよ」

「金になるとはどういうことで」

「大名家江戸屋敷の留守居役や用人がいちばん気を遣うのは家来がご府内《ふない》で騒ぎを起こすことにございますよ、幕府に睨まれるのがいちばん怖いことでございましょう。こたびの一件は、郡上藩の小十人組碇山軍太夫様の嫁取り話が発端でございましたな、そいつは神守様に説明の要もねえや。武家の嫁になろうとしたおふゆは、昔の母親の朋輩の白川からあれこれと強請《ゆすり》を受けていた。そこでそいつを一挙に始末するためにわが身を吉原に落としてまで白川を殺した。一方白川は白川でなにが閃《ひらめ》いたか碇山様への文に洗いざらいを告白した。真相を知った碇山様は怒りに逆上して、おそめ、おふゆの親子を殺し、自らも命を絶って果てた」

「いかにもさような話にございました」

「村崎同心は小山内用人にわざわざ面会を求めて、面番所がいかに苦労して真相を揉み消したか、吹聴《ふいちょう》してこようという魂胆でございますよ」

「と、どうなりますな」

「郡上藩としてもなにがしかの口封じの金子を村崎同心に渡さざるを得んでしょう。そいつが狙いなのでございますよ」

「考えましたな。それはそれとしてなぜそれがしに断わったのでございますな」

「その辺が小心者の村崎同心らしいところでございますよ」

と番方が苦々しいという表情で吐き捨てた。

二

幹次郎は四郎兵衛の供で大門を出た。大門前には駕籠が待っていて四郎兵衛を出入りの駕籠勢《かごせい》の駕籠舁《かか》きらが期待の目で見た。四郎兵衛を乗せると酒手《さかて》が過分に頂戴できるからだ。

「駕籠屋さん、本日は日和もいいでな、山谷堀をぶらぶら歩いて参りますよ。またの機会に願いましょうかな」

と駕籠舁きに断わった。

五十間道はようやくいつもの乾いた道に戻り、もはや泥濘に足を取られることもなかった。

いささか昼見世には早い刻限だ。なんとなく引手茶屋や編笠茶屋が並ぶ両側にも長閑《のどか》な時が流れていた。

「おや、七代目、お出掛けですか、ご苦労にございますな」

とか、

「四郎兵衛様、長雨に祟られて商い、上がったりでしたよ」

とか、番頭や女衆が四郎兵衛に声をかけてきた。

四郎兵衛もいちいち挨拶の言葉を返しながら、衣紋坂を通り過ぎて見返り柳まで上がってきた。

「神守様、人の業《ごう》は根深いものです。歳月を越えても消えぬばかりか時の経過とともに妄念《もうねん》はいよいよ深みにはまり、周りの者らまで不幸にするものですな」

四郎兵衛が幹次郎に話しかけたのは、土手八丁へと曲がった辺りでだ。

「白川さんのことにございますな」

「いかにもさようです。岩鶴楼で朋輩同士であった染吉と白川、いささか吉原の仕来たりを外して、あろうことか客を取っかえたりして遊んでおったそうな。こいつを見逃したか、知らぬ顔をした楼の主がいちばん悪い。じゃが、岩鶴楼はとつくの昔に潰れて主夫婦は、もはやこの世の者ではない。会所もあの世まで了見違《けんちが》いを咎《とが》めに行くこともできませんでな」

と苦々しく吐き捨てた四郎兵衛には独自でこの一件を調べた様子があった。

「仲がよかったふたりの女郎はふとしたことで刃傷沙汰を起こし、そのあと明暗異なった道を歩き出す。染吉は鏝万の親方に落籍され、左団扇の身になった。一方、白川は切見世女郎の身に落ちた。神守様がとくと承知の話で、番方の話の上塗りです。ですが話の前置き、辛抱してくだされよ」

と断わり、さらに言い出した。

「白川は、鉄砲女郎に落ちたころから客を使い、染吉ことおそめの動静を調べさせていたらしい。自らに比べてなにも苦労のないおそめの暮らしに養女に出した娘まで戻ってきて加わった。それを知った白川は、客を使い、呪い殺すというような文面の文を時折り届けていたらしい。おそめ親子が深川蛤町を逃れた曰くは鏝万の死ばかりではなかったのです。白川の文に脅かされて芝の鯖稲荷近くに密かに移り住んだ。だが、一年もしたころ、白川の手の者がこちらの住まいを見つけて新たな脅しの文を投げ込むようになった。ふたたび親子は別の引っ越し先を探した」

「それが小石川下富坂町の稲荷社の傍らですね」

「はい。ここで数年落ち着いた日々が親子に巡ってきた。だが、白川の執念《しゅうねん》はこの住まいをも見つけ出した。ちょうどそのころ、碇山軍太夫様がおふゆを嫁に欲しいと懇願《こんがん》してこられた。おそめは、おふゆが武家の嫁になれば白川の脅迫もやむと考えたようで、最初は碇山にすべてを話す気だったようです。ですが、おふゆが白川の所業はその程度で収まるはずもない、さらに母親のおそめが吉原で遊女をしていた話を碇山に話せば縁談そのものが壊れると言い出し、愚《おろ》かな企てをしのけてしまったのでございますよ」

四郎兵衛は小山内から聞いたことより詳しい事情を知っているようだと幹次郎は思い、しばらく口を噤《つぐ》んで土手道をそぞろ歩いた。

「おそめは吉原の水で何年も暮らした女だ。このようなとき、なぜ吉原会所に頼らなかったか。おそらく岩鶴楼の亡き主夫婦が会所に抗して商いを勝手気ままにしておったので、会所に頼っても無駄と考えたか」

「かもしれません」

「神守様、おそめは白川からの文をすべて下富坂町の家の天井に隠しておりました。また折々白川への恨みつらみを記した日誌を残しておりました。ええ、私が昵懇《じっこん》の南町奉行所の吟味方与力《ぎんみかたよりき》の首藤義左衛門《しゅどうぎざえもん》様に願って、碇山軍太夫様がふたりを斬殺した騒ぎの調べ書きを読ませていただいたのでございますよ。神守様方だけを走り回らせてはと思いましてな」

と四郎兵衛が言った。

「それで合点がいきました。人の業が根深いものとはそのような意味合いにございましたか」

「私ども、吉原のすべてを承知しておる顔をしておりました。遊女三千、いや、過去を遡《さかのぼ》ればその数十倍の女たちが狭い遊里で哀しみやら喜びをともにしてきたのです。そいつのすべてに私どもの目が行き届くわけもない。今度ばかりは、会所の非力《ひりき》を悟《さと》らされました。それにしてもお稲荷様ばかりを頼りにすることもあるまいに」

と四郎兵衛が呟いた。

幹次郎は山谷堀の対岸を見ていた。

大小の彼岸花《ひがんばな》が風に揺れながらも、群《む》れ咲いていた。

人の世も　千差万別　ひがん華

幹次郎の頭を五七五が過《よぎ》った。このところ駄句ばかりが浮かんだ。

「これにて落着にございますな」

「はい。会所の帳面よりもわれらの胸に刻む騒ぎにございました」

ふたりは船宿牡丹屋の前を通り過ぎて浅草御蔵前通りへと曲がった。

百九株の札差株仲間は、片町《かたまち》組、森田町《もりたちよう》組、天王町《てんのうちよう》組の三組に組織され、さらにそれぞれが一番組から六番組に分けられていた。

当代の札差百九株の筆頭行司、伊勢亀は天王町一番組に属し、下之御門《しものごもん》傍、里《り》俗《ぞく》に天王橋と呼ばれる橋の袂《たもと》の角地に堂々とした店を構えていた。

四郎兵衛と幹次郎は間口の広い表口から入らず、路地裏の裏門から伊勢亀に入った。

その瞬間、幹次郎は監視の眼を意識したが、素知らぬ体《てい》で四郎兵衛に従った。

「おや、歩いて見えましたか」

と二番番頭の茂兵衛《もへえ》が迎えた。どうも四郎兵衛の訪問を待ち受けていたらしい。

「秋日和が戻りましたでな、神守様と四方山話をしながら歩いてきました」

と応じた四郎兵衛が幹次郎に奥座敷まで同行するよう命じた。

三味線堀《しゃみせんぼり》から流れてくる水を引き込んだ泉水の庭に面した座敷には、主の伊勢亀半右衛門、半右衛門の参謀《さんぼう》格の森田町四番組の松倉屋三郎衛門《まつくらやさぶろうえもん》、五番組の十一《とい》屋膳六《やぜんろく》、さらに天王町組の大口屋治兵衛の四人が顔を揃えて、伊勢亀派、香取屋一派それぞれの票読みをしていた。

「七代目、ようこそお出でくだされた」

と半右衛門が四郎兵衛に声をかけ、

「吉原会所の頭取を改めて紹介することもございませんな。松倉屋さん、十一屋さん、お供は神守幹次郎様にございますよ」

「半右衛門さん、噂はかねてより承知です。なんとも心強いお味方です」

と松倉屋三郎衛門が半右衛門に応じて、十一屋膳六ともども四郎兵衛と幹次郎に会釈した。

「伊勢亀の旦那、会所はこのところ廓内の騒ぎに忙殺《ぼうさつ》されておりましてな、ようやく片がつきました。それでお伺いしたのでございますよ」

と四郎兵衛が応じて、

「ただ今の票読みはいかがですかな」

と一座に問うた。

「大口屋さん方がわれら伊勢亀派であると旗幟鮮明にされたおかげで、七株があちらからこちらに戻りましてな、別に二株の目途《めど》が立ちましてわが派が五十四株、香取屋一派が五十五株と拮抗《きっこう》しております」

と十一屋膳六が少しばかり安堵の表情で四郎兵衛に答えた。

「さりながらあと十株ほどはあちらから寝返らせぬと安心はできませんぞ、十一屋さん」

「筆頭行司、香取屋は無法にも寛政刷新組などという用心棒侍どもを使って、あれやこれや、手を変え品を変え脅すやら、こちらに来ればうまみのある商いができると飴玉をしゃぶらせるやら、いろいろと働きかけがございますで、いつこちらの五十四株が切り崩されるともしれませぬ」

と松倉屋が半右衛門に言った。

「残り十数日が勝負です。私どもも五十四株を死守した上で十株をなんとか上乗せせぬと完全な勝ちとは言い切れますまい」

「十株か」

十一屋膳六が座に広げられた両派の名に視線を落として、

「よほどのことが起こらぬかぎり十株など寝返らせることはできないぞ。香取屋一派は金、脅しと無法のかぎりで締めつけておりますからな」

と嘆息《たんそく》した。

「十一屋さん、今はわれら五十四株が切り崩しに遭わぬように味方を固めておくのが先決です」

「筆頭行司、なんぞ秘策《ひさく》がございますかな」

「ないこともない」

伊勢亀半右衛門が腹心のふたりを見た。

「どのような手で」

「松倉屋さん、十一屋さん、秘策にございますでな、もうしばらく知らぬふりをしてくれませぬか」

「筆頭行司、あちらには田沼意次様の遺産が無尽蔵《むじんぞう》にあるそうな。ただ今もあちらに与した五十五株はこの金子目当てですよ」

と松倉屋が言い切った。

「人の欲には切りがございませんでな。田沼意次様が幕閣に遺した人物があちらについておられるという噂がございますが真であろうか」

と十一屋膳六がだれへとはなしに訊いた。

「田沼様が遺した人物とは香取屋武七ではないので」

「松倉屋さん、香取屋は幕閣の一員ではありませんよ。私はな、奇妙な噂を耳にしたのですがな」

と十一屋が話を進めた。

「噂とはなんですね、十一屋さん」

「田沼意次様は生きておられるという話です」

「そんな馬鹿な」

と松倉屋が一蹴《いっしゅう》した。

「いや、田沼様が生きておられて一周忌を機に幕閣に復権するそうな」

十一屋膳六が一座を見回した。

「伊勢亀の旦那、私もその噂を耳にしました」

とそれまで沈黙を続けてきた大口屋治兵衛が言った。

「しかし真《ま》に受けたわけではございません。半右衛門様、ご承知なれば教えてくれませぬか」

伊勢亀半右衛門が四郎兵衛を見た。頷いた四郎兵衛が幹次郎に視線を移すと、

「この場におられる方で駒込勝林寺の夜参りの模様を見ておられるのは神守幹次郎様だけです」

と言った。

「神守様、その場に亡くなられたはずの田沼意次様が同席しておられましたか」

と大口屋治兵衛が質した。

「七代目、よろしいので」

と幹次郎が許しを乞うた。

「致し方ございますまい。神守様が見られたままを話してくだされ」

と四郎兵衛が許しを与えた。

首肯した幹次郎は姿勢を正すと、

「それがし、前《さき》の老中首座《ろうじゆうしゆざ》田沼意次様にお目にかかったことなどございません」

「で、ございましょうな」

と十一屋膳六が相槌を打った。

「駒込勝林寺七曜《しちよう》屋敷の集まりを番方と一緒に見たこともたしか、その場に香取屋武七がおりまして、われらと言葉を交わしたこともたしかにござる」

「なにを話されたのか」

と松倉屋が幹次郎に問うた。

「香取屋武七は、すでに蔵前はわが掌《たなごころ》にあり、とわれらに豪語《ごうご》致しました」

「なんと」

十一屋が声を上げた。

「番方と七曜屋敷に忍び込んだ夜、広間には香取屋武七だけにござってな、空の膳が百九並んでおった」

「空の膳が百九とは、札差百九株を意味するのでございましょうな」

と大口屋治兵衛が呟いた。

「われら、その翌日も田沼意次様が生前に寄進した土地に建てられたという七曜屋敷に忍び込んで見物しました。前夜無人であった百九の席の六十三に頭巾《ずきん》に顔を隠した人々が列座されておった」

だれかがごくりと唾《つば》を飲む音がした。

「その場で森田町利倉屋五郎平《ごろへい》様が立たれて、頭巾を剝ぎ取って素顔を曝され、札差株仲間を乗っ取ろうとする香取屋武七の無法の行いを詰《なじ》られたのです」

「利倉屋さんは私が香取屋一派の集いに潜《もぐ》り込ませた密偵《みってい》であった」

伊勢亀半右衛門が漏らし、

「ために五郎平さんはその場で始末されたそうな」

と自ら告白すると悲痛な顔を伏せた。

「それで五郎平の倅どのが後を継がれたか」

「いかにもさようです、松倉屋さん」

話を続けます、と幹次郎が断わり、

「その場に寺社奉行松平信道《まつだいらのぶみち》様と大目付桑原盛員《くわはらもりかず》様の手が入りました。ですが、香取屋一派はそのことを予測していたのか、かねて用意していた逃げ道を辿って全員が逃げ散りました」

「神守様、田沼様らしき人物を見かけられたので」

と大口屋治兵衛が話を戻した。

「番方とそれがし、御簾《みす》の中にひとりの人物がいるのを見ました。捕方が入ったとき、両側から供侍《ともざむらい》に支えられてよろめき立った老人がかつて権勢を誇った老中にして御側用人どのかどうか、それがしには判断することはできません。ただ香取屋武七らがその七曜紋の老人を頼りにしておることとだけはたしかなことと感じました。それがしが見聞したことのすべてにございます」

と幹次郎は話を終えた。

一座の目が伊勢亀半右衛門に行った。

「神守様が見た老人が死んだはずの田沼意次様か、だれかが身罷《みまか》った田沼意次様を装っているのか、七月二十四日、一周忌の集いにはっきりと致しましょう」

「筆頭行司、神守様方が見ておられる前で寺社奉行と大目付の手が入ったとのことです。七月二十四日にも当然、寺社、大目付の手が寺を取り囲みましょう。そのような中で田沼様の一周忌が駒込勝林寺で催されようか」

と松倉屋が疑問を呈した。

「松倉屋さんの申されること、もっとも至極にございます。じゃがな、田沼意次様の後を継がれた松平定信《さだのぶ》様のご改革がうまくいっているとは言えますまい。幕府や町方には田沼時代がよかったと申される方も多く、密かに田沼時代の再来に期待する声もございます。そんな無言の願いが田沼意次様の亡霊を生み出しているのでございますよ」

四郎兵衛が半右衛門に代わり一座の疑問に答えた。

「神守様、七月二十四日には駒込勝林寺に参られますな」

大口屋治兵衛の問いに幹次郎は頷いた。

「その場で七曜紋の老人の正体が明らかにされるので」

と十一屋膳六が今度は尋ねた。

「田沼意次様の生存の真偽は、札差株仲間や吉原会所を越えた重大事、間違いなく幕府が動きます」

と答えた幹次郎が半右衛門を見た。

「ご一統様、私どもは札差株仲間を主導する筆頭行司がだれなのか、そのことのみにかぎって専心しませぬか。政《まつりごと》に首を突っ込むと大火傷を負いまする」

「いかにもさようですな」

十一屋がどこかほっとした顔で言った。

「七代目、神守様、そなた様方も伊勢亀半右衛門様の言葉に沿って動きなさいますな」

大口屋治兵衛が念を押した。

「大口屋さん、商人が政に口を挟むのは御法度でございます。それは札差株仲間とて吉原会所とて同じことにございましょう」

と四郎兵衛が答えて、一座にどこか安堵したような吐息が流れた。

伊勢亀の奥座敷から四郎兵衛と幹次郎のふたりが先に辞去した。内玄関まで見送ってきた半右衛門が、

「芝にこれから参られますな」

「いかにもさよう」

「殿様に札差株仲間の真意をぜひとも伝えてくだされ。私ども商い以外になんの野心など持っておりませぬとな」

「承《うけたまわ》りました」

ふたりは伊勢亀半右衛門の険しい顔に見送られて裏門を出た。

三

御蔵前通りに出た四郎兵衛は、神田川に架かる浅草橋方面へとそぞろ歩いていった。

伊勢亀半右衛門の屋敷の裏門を出たときからじんわりと監視の眼がふたりを包

み込み、動きに合わせて移動してきた、そのことに神経を尖《とが》らせていた。
刻限はまだ早い。
御蔵前通りには大八車や駕籠が忙《せわ》しげに往来し、人の往来もあった。
四郎兵衛は急ぐ様子はない。あるいは訪問先と打ち合わせた刻限には間がある
のか、そんな感じで幕府の御《お》米蔵書替所《こめぐらかきかえしょ》三雲新右衛門《みくもしんえもん》屋敷の前を通り過ぎると町
屋の浅草瓦町《かわらまち》に入っていった。
「ようよう秋らしくなりましたな」
「いささか時節は早うございましたが、秋入梅《あきついり》が到来しての長雨でございました
からな。米の出来に悪い影響が出ぬとよいのですが」
と幹次郎はそのことを気にした。
「在所でも雨が降り続いたとのことです。当然出来に関わりましょう。不作にな
らずとも米の質が悪くなると米の相場が下落して、困るのは札差で換金する旗本
御家人方ですよ。となると江戸の商いに影響が出て、師走《しわす》にかけて物が売れなく
なり、諸物価が高騰《こうとう》します。それでますますお武家方の台所が苦しくなる」
と応じた四郎兵衛が、
「そうでなくとも旗本、御家人は借金地獄に呻いております」

「手立てはないのでございますか」

「春でしたかな、御老中松平定信様は諸物価の高騰は町人らのおごった暮らしぶりにあると考えられ、あれこれと奢侈品《しゃしひん》を名指しされて贅沢を御定法《ごじょうほう》で取り締まる触れを出されましたな、私に言わせれば下《げ》の下の策ですよ。

高値の菓子はだめ、火消しの派手な火事羽織や纏《まとい》は禁止、女衆の織物、縫物、金銀を使った衣裳《いしょう》は売買停止《ちょうじ》、さらには羽子板、雛《ひな》人形まで奢侈品に入れられた。これでは商いが疲弊《ひへい》します。物が動かなくなると市場から活気がなくなります。

その結果、旗本、御家人の札差への借財が増えて、どうにもこうにも首が回らない。娘だった加門麻が吉原に身売りしてきたのもこんな年でしたよ、安永《あんえい》（一七七二〜一七八一）から天明《てんめい》（一七八一〜一七八九）へと時が移るころでありましたかな」

四郎兵衛の話はふいに薄墨太夫に転じた。

「麻様の実家の加門家は御旗本にございましたか」

「禄高《ろくだか》百七十石、表《おもて》御祐筆《ごゆうひつ》が代々の加門家のお役目でしたが、お父上、お母上が相次いで長病《ながやみ》にかかられたのがきっかけで、麻様が三浦屋に身売りしたのです」

「今も四谷塩町《よつやしおちよう》にございましてな、弟君が表御祐筆格で出仕《しゅっし》なされております」

「加門家は」

と四郎兵衛が珍しく遊女の出自に触れた。

四郎兵衛は瓦町が茅町《かやちよう》と変わるところで左に曲がり、浅草下平右衛門町へ足を向けた。すると追尾《ついび》する面々も包囲の輪を移動させた。

「加門麻様、いや、薄墨太夫を身請けしようという御大尽《おだいじん》はおられぬのですか」

「あれほどの太夫です、話はございます。ですが、薄墨は聞く耳持たぬとか、三浦屋四郎左衛門《しろうざえもん》様に聞きました」

「なぜであろうか」

と幹次郎が呟いた。

「はてなぜでしょうかな」

幹次郎を見て、

「薄墨は賢《かしこ》い太夫さんです。落籍されても幸せが待っておるとはかぎらぬと考えておられるのでしょう。あるいは吉原に留まる理由があってのことか」

と漏らした四郎兵衛が、

「幕府では何年も先の御蔵米を担保に高利で金を貸しておる札差に棄捐令《きえんれい》を発し、幕臣の借財を棒引きにする策を考えておられます」

とふたたび最前の話柄《わへい》に戻した。

幹次郎が今度は四郎兵衛の顔を見た。

「伊勢亀派、香取屋一派に分かれて争っている場合ではございません。棄捐令が発せられますと札差百九株のうち何割かは潰れないまでも、商いが左前になるところも出ましょうに」

「伊勢亀半右衛門様はご存じにございますな」

「むろん筆頭行司をはじめ、かぎられた幹部連は承知です。だが、幕府の棄捐令がいつ出されるか、また棄捐令の内容が今ひとつ判然としなかったゆえにどう動くべきか迷っておられます」

「香取屋一派の企みはそれを見込んでのことにございましょうか」

「そのことを随分考えました。ですが、死せる田沼意次様が後を継いだ松平定信様の改革を見通したとは思えず、私はな、このふたつには関わりはないと思うております」

「棄捐令は伊勢亀派、香取屋一派双方に被害を与えることになりますか」

「半右衛門様と棄捐令が布告されたあとの蔵前を予測して話し合《お》うたことがございます。むろん両派に影響が出ましょうな、それも並みの打撃ではございますまい。ということは少なからず吉原《うち》にも影響してくることです」

「棄捐令の中身は摑めたのでございますか」

四郎兵衛の情報網は城中から関八州の在所にまで張り巡らされていた。

「つい先ごろのことです。五年前の天明四年（一七八四）以前の貸付けをすべて帳消しにすることを幕府は決められました」

「帳消しにございますか」

大胆な棄捐令だと幹次郎は驚いた。首肯した四郎兵衛が、

「さらに以降の借財は年利六分とし、新規貸付けに関して年利を一割二分までとすることを決められました」

札差が禄米換金の本分を超えて金貸し業務を行っていることは世間に知られていた。また旗本、御家人のみならず大名諸家への貸付けによって、札差の金融業務に武家社会が口出しをできないような仕組みを作り上げていた。ために札差が貸す利は年利一割八分と法外なものであった。禄米の季節が来ても、換金された

金子は札差への返済に回され、ためにふたたび新たな借財を負うことになった。

松平定信はなんとしても旗本、御家人の借財地獄の悪循環を打破しようとして、大胆な棄捐令を断行しようとしていた。

「この棄捐令が出ますと札差の七、八割は多大な被害をこうむります。損害は百万両を超えるものと半右衛門様は考えておられる。札差が相争い、体力を消耗《しようもう》し続けておるとその被害はさらに広がる」

「半右衛門様方の悩みは大きゅうございますな」

「なんとしてもこの戦いに勝たねば、棄捐令に太刀打ちできませぬ」

四郎兵衛が言ったとき、ふたりは柳橋《やなぎばし》の袂に出ていた。すると一軒の船宿の女将が門内から姿を見せて、

「七代目、ようこそお出でなされました。お連れの方はすでにお待ちにございますよ」

と四郎兵衛を迎えた。

四郎兵衛が女将に頷き返して、ふたりは船着場へと下りていった。そこにはすでに仕度を終えた屋根船が待ち受けて、灯りが点《てん》じられていた。

幹次郎は尾行の面々の反応を探るためにその場にしばし留まった。相手方も船

を待たせた四郎兵衛の手配りに慌てたか、船の調達に動き始めた気配が見えた。

幹次郎は石段を下りて、簾《すだれ》を下ろした屋根船の周りを確かめながら、腰から和泉守藤原兼定を外した。主船頭の他に若い衆ふたりが助《すけ》船頭として乗っていた。ということは急を要する場合は二丁櫓、あるいは三丁櫓になり、早船へと変わることを意味していた。

「お邪魔致す」

と声をかけた幹次郎は、主船頭のいる艫《とも》から屋根の下に身を滑り込ませた。すると四郎兵衛が汀女と談笑していた。

「姉様」

「幹どの、ご苦労に存じます」

「今朝方の謎めいた言葉はこのことか」

「幹どのを驚かせてみようかと黙っておりました」

屋根船が船着場を離れて、大川へと出ていった。そして、舳先を河口へと向けたとき、幹次郎は四郎兵衛が訪ねる先がはっきりと分かった。

「神守様、私ども三人がお訪ねする屋敷の見当がつかれたようですな」

「御浜御殿近くの抱《かかえ》屋敷にございますな」

「いかにもさよう」

と応じた四郎兵衛が、

「神守様にはお許しも得ず、汀女先生を松平定信様とお香《こう》様へのつなぎ役としてこのところ何度かお屋敷を訪ねてもらっておりましたのじゃ」

「むろんこたびの田沼意次様騒動に関してのことですな」

「いかにもさようです。伊勢亀の旦那の川遊びのあと、汀女先生は都合三度陸奥白河《しらかわ》藩抱屋敷にお香様を訪ね、本日の会談の下準備に走り回っていただきました。亭主様にお断わりもせず申し訳なく思うております」

ということは札差株仲間の願いを受けて、吉原会所の頭取が老中松平定信に極秘に面会する用意が整ったということであろうか。

屋根船の船足が上がった。

四郎兵衛が前もって尾行がつくことを船宿に告げて、三丁櫓仕立ての屋根船を用意していたか。

大川の流れに乗って一気に船足を早めた。ために屋根船が揺れた。

「われら夫婦、ともに吉原会所の奉公人でござれば別々に務めを果たすこともございましょう。四郎兵衛様が詫びられることはございません」

四郎兵衛に応じた幹次郎は、

「こちらも白川殺しで飛び回っておりましたでな、つい姉様の動きに注意を払うことがなかった。うーむ、それがしよりも姉様のほうが密使《みつし》にはうってつけやもしれぬな」

と幹次郎が呟き、

「松平の殿様とお香様のお子はすくすくと育っておられような、姉様」

「なんとも愛らしいお姫様にございますよ」

「姉様、お姿を見せてもろうたか」

「それどころか私の腕に抱かせていただきました。お香様は吉原が選びに選び抜いた禿でしたが、その母御《ははご》の美形と利発と賢明とを兼ね備えたお姫様にございますよ」

「それがしもお姿を拝見したいものよ」

と幹次郎は呟いた。

寛政の改革に乗り出した老中首座松平定信の愛妾香は、かつて吉原の蕾《つぼみ》という禿だった。

この蕾、本名を佐野村《さのむら》香といい、御儒者衆《ごじゆしやしゆう》佐野村家の息女で、田安《たやす》家の出の定信とは七つ違い、ふたりは幼いころ、田安家で兄妹のように育った仲だった。だが、佐野村真五兵衛《しんごべえ》が城中の揉めごとに絡んで失脚し、心労の末に病に見舞われた。佐野村家が路頭に迷う羽目に陥ったとき、幼い香は、敢然《かんぜん》と吉原に身を沈めたのだった。

禿の蕾の出自を知った四郎兵衛は、将来の布石として蕾を会所の金子で請け出し、松平定信に贈っていた。

本名の香に戻った定信の愛妾は陸奥白河城下で暮らすことになった。だが、田沼の失脚のあと、松平定信が中央政界に呼び戻されたとき、白河に残された香を江戸へと連れ戻す役目を吉原会所が負った。そこで神守幹次郎、汀女の夫婦に仙右衛門らを派遣して、腹にやや子を宿した香を無事に江戸に連れ戻した経緯があった。

天明七年（一七八七）秋、二年前のことだった。

香は江戸に来た当初は白河藩下《しも》屋敷に住んでいたが、今は定信は香のために御浜御殿近くに抱屋敷を新たに普請して住まわせていた。

老中首座松平定信と、札差株仲間の依頼を受けた吉原会所の七代目頭取四郎兵衛との会見場所は、この私邸に設定されたのだ。

屋根船の船足が落ちて、大きく揺れた。大川を抜け江戸の内海に出て、尾行の船もないことを確かめた主船頭がどうやら船足を緩《ゆる》めたようだと、幹次郎は感じた。

「四郎兵衛様、松平定信様に、田沼意次様が存命やもしれぬということを伝えられたのでございますか」

「神守様、田沼意次様がこの世にあることを確かめた者はおりませぬ。遠くから七曜紋の老人を見たのは神守様と番方のふたりだけでございますよ。それでは、田沼意次様存命の証《あか》しになるはずもない」

「御老中はご存じないわけですね」

「いかにもさようです」

と答えた四郎兵衛が、

「汀女様を使いに立て、お香様を通して、田沼様の菩提寺駒込勝林寺で二十四日に夜参りが催され、札差の半ば以上がその集いに出ておることはお知らせしてございますし、田沼意次様が御蔵前に送り込んだ香取屋武七なる者が勝林寺の月命日の集いを主宰《しゅさい》しておることも、また札差株仲間の新たなる筆頭行司を狙っておることもお知らせしてございます」

幹次郎は先ほど四郎兵衛から聞いた話を思い出していた。幕府は棄捐令を発して、旗本、御家人の窮状《きゆうじよう》を救う策を企てているという話をだ。これには札差株仲間の協力なくしては、成功はない。

今札差株仲間百九株を二分した内紛が巻き起こっていることを知った松平定信が、ただ今の筆頭行司の伊勢亀半右衛門と手を結ぶか、突然勃興してきた新興勢力の香取屋武七一派と組むかによって、札差株仲間の争いの白黒は決着する。

「松平様は札差株仲間を二分する争いをどう裁決《さいけつ》なされるお気持ちでしょうかな。いくらなんでも田沼意次様の傀儡《かいらい》と目《もく》される香取屋武七一派と組むとは申されぬのでは」

「と思うておりますが、ただ今の松平定信様の心中はだれも推測がつきますまい」

十一代将軍家斉《いえなり》の信を受けて、三十歳の松平定信が寛政の改革に乗り出した。だが、決して改革が順調に進められているとは言いがたかった。そればかりか、定信の改革は奢侈禁止令など景気を抑制《よくせい》する表面的な政策だと非難する声が澎湃《ほうはい》と起こり始めていた。

そんな最中《さなか》での棄捐令の強行である。

屋根船が堀に入ったか揺れが止まった。

「七代目、そろそろお屋敷の船着場に着きますぞ」

と主船頭の声がして、さらに船足が緩くなった。

「御免」

と幹次郎は兼定を携えると屋根の下から舳先に出た。すると白河藩の家来衆が提灯を点して船の到来を待ち受けていた。

「吉原会所四郎兵衛の船じゃな」

と羽織姿の用人と思える武家が幹次郎に確かめた。

「いかにも四郎兵衛一行の船にございます」

うーむ、と用人が頷いて船着場に屋根船が寄せられた。

四郎兵衛が屋根の下から姿を見せて助船頭が履物を足元に置いた。そのとき、幹次郎は助船頭に扮《ふん》しているのが小頭の長吉と分かった。

四郎兵衛のあと、船を降りる汀女に、幹次郎が手を差し伸べた。

「幹どの、このところお互いに手を握り合ったことがございませんな」

と汀女が囁き、

「姉様、大事な御用が控えておるわ」

と姉様女房に注意した。

「警固の者は船にて待て」

と用人が幹次郎に命じた。

「御用人様、神守幹次郎様はただの警固方ではございませぬ。お香様とも昵懇、松平の殿様も承知の方にございます」

「屋敷内に連れていくと申すか」

用人が幹次郎の風体《ふうてい》を値踏みするように見つめた。

「ほんとうにこの者とお香様は知り合いじゃな」

「御用人様、神守様を船着場に残すとなるとそなた様がお叱りを受けますぞ」

「そなたと汀女のふたりと聞かされておったでな」

「神守様は汀女様のご亭主にございます、それでもこの場に残されますか」

「なにっ、汀女の亭主がこの者と申すか」

四郎兵衛の言葉に用人が胡乱《うろん》げな視線で幹次郎を見て、

「あとで殿様にお叱りを受けることはあるまいな」

と念を押してようやく幹次郎の同道が許された。

堀に面した横手の門から松平家の抱屋敷に入った。

林を抜けると庭の中央に小さな泉水が見えた。

お香のために定信が普請した抱屋敷の敷地は、二千五、六百坪か。母屋《おもや》とは別に泉水に囲まれた離れ家が夕暮れの光に浮かんで見えた。

「こちらで暫時待て」

と用人が離れ家の内玄関から廊下の奥に消えた。すると幼子の笑い声が響いてきた。

「薫子《かおるこ》姫のお声にございますぞ、幹どの」

と汀女が幹次郎に告げたとき、廊下に人の気配がして、女の影が立った。

「汀女様、神守様、ようう見えられました」

陸奥白河城下から田沼一派の刺客に襲われながらも逃避行を続けて無事に江戸に帰着したお香の落ち着いた声が内玄関にした。

汀女は黙礼《もくれい》し、幹次郎が言った。

「本日、われらは四郎兵衛の従者《じゅうしゃ》にございます」

「七代目、お久しぶりにございます」

とお香の関心が四郎兵衛に向かい、

「お香様、ご壮健《そうけん》のお姿を拝《はい》し、四郎兵衛これに優《まさ》る喜びはございません」

「今宵は気兼ねがいらぬ者ばかり、ささっ、お上がりなされ」

お香が老中首座の側室の貫禄を見せて、四郎兵衛ら三人は離れ家に招じ上げられた。

四

四郎兵衛ら訪問者三人とお香を交えた四人の水入らずの四方山話が老中首座松平定信の抱屋敷の離れ家で続いた。

お香は、母となったせいか、ほんのりとした色気が顔や体から滲《にじ》み出て、激しい有為転変《ういてんぺん》の前半生を落ち着きと貫禄に変えていた。

三人は長い付き合いではないとしてもお香の吉原時代を承知して、その運命の一部に加担《かたん》した面々だ。偽り飾る間柄ではなかった。それだけに気が置けない話が続いた。とくにお香にとって汀女は自らの姉のような存在なのか、すべてに汀女の考えを聞いて、参考にする風があった。

途中から齢《よわい》ふたつになった薫子が加わり、一層賑やかになった。

初秋の夕暮れが離れ家を包んだころ、緊張が走った。

四郎兵衛らもそれを感じてすぐに居住まいを正した。

松平定信が抱屋敷に到着したのだ。だが、お香は主の訪いにも緊張した様子もなく、平静に迎えた。

お女中が定信の離れ家お渡りを告げて、その後、主一行が母屋から離れ家に移動してきた。小姓《こしょう》ら少ない供を従えてのお渡りだった。その供侍らも離れ家に到着したところで母屋に戻された。

四郎兵衛らが平伏《へいふく》して待つ座敷に三十二歳の老中首座松平定信が入室してきた。

「お香、変わりはないか」

「四郎兵衛様方とあれこれと思い出話に楽しい時を過ごしておりました」

「それはよかった。吾子《わこ》の顔を見せよ」

と定信がお香に命じて、親子三人が薫子を中に仲睦《むつ》まじい一時を過ごす気配があった。

幹次郎ら三人は顔を伏せたまま定信の疲れた声が段々と和《なご》んでいくのを感じ取っていた。

「お香、四郎兵衛ら三人としばらく御用向きの話がある。そのあとでな、酒《ささ》など酌み交わしたい」

と願い、お香と薫子が座敷を下がった。しばらく間を置いて、

「四郎兵衛、神守幹次郎、汀女、面《おもて》を上げよ」

と定信が命じた。

「殿様にはご壮健の様子、四郎兵衛、慶《よろこ》びに堪《た》えません」

と顔を半分ほど上げた四郎兵衛が挨拶をなした。

「四郎兵衛、紋切りの挨拶など城中でうんざりしておるわ、やめておけ」

と定信が吐き捨てるように言うと、

「汀女、常々お香の相手をしてくれて有難い」

と江戸育ちの素直さで汀女に礼を述べた。

定信は歌人にして国学者田安宗武《むねたけ》の七男として生まれた。八代将軍吉宗《よしむね》の孫に当たる人物、将軍になり得る家柄だが、その英邁《えいまい》と才覚を恐れた田沼意次は策を弄して十七歳の定信を白河藩主定邦《さだくに》の養子に出していた。

それがお香が白河に在住した背景であり、江戸に定信が返り咲くことを恐れた田沼残党一派がお香を狙ったのであった。

「殿様、なんのことがございましょうか」

「白河からの旅以来、お香はそなたらを信頼しておってな、わが松平家のだれよ

りも汀女、そなたに信頼を寄せておる」

「勿体《もったい》ないお言葉にございます」

「吉原がいらぬなれば、わが屋敷で神守夫婦を引き取りたいものじゃ」

「殿様、なにを申されますな。神守様と汀女先生なくばただ今の吉原は立ちゆきませぬ。いくら老中首座松平定信様の願いとは申せ、お断わり致します」

と四郎兵衛がきっぱりと断わり、定信が、
ふっふっふ
と笑った。

しばし沈黙があった。

「四郎兵衛、札差株仲間がふたつに分かれて相争っておるそうな」

「いかにもさようで」

「内紛の因《もと》はなにか」

「今は亡き田沼意次様の布石にございます」

「なに、田沼どのの布石とな、仔細《しさい》を申せ」

吉原会所の使いの汀女の話は、お香を通して、多忙な身の定信にすべて伝わっていたわけではない。

「札差株仲間百九株は、選ばれた筆頭行司らを中心に運営されてきた組織にございまして、ただ今の筆頭行司は伊勢亀半右衛門にございます。およそ十年前、田沼意次様は札差株仲間を牛耳《ぎゅうじ》らんとして後妻《ごさい》の兄黒澤金之丞に命じて、札差伊勢半の株を密かに買い取らせました。金之丞は名を香取屋武七と変えて、札差株仲間の一員となったのでございますよ」

四郎兵衛は札差株仲間が二派に分裂して暗闘を繰り返す経緯を語った。

話が終わるまで長い時が流れた。

「四郎兵衛、田沼意次どのの月命日二十四日に菩提寺の駒込勝林寺に香取屋一派は同志を集め、札差株仲間の乗っ取りを策しておると申すのじゃな」

「いかにもさようにございます。田沼意次様の一周忌は今月の二十四日、もうあと十数日と迫っております。香取屋一派は札差百九株の過半数を手中に収め、これまでの筆頭行司伊勢亀半右衛門を罷免《ひめん》に追い込み、自らが新しい札差株仲間の筆頭行司に就く企みにございます」

「それが今は亡き田沼意次どのの布石と申すか」

「いかにもさようと心得ます」

しばし沈思して四郎兵衛の話を聞いた定信が、

「吉原は伊勢亀派の手助けをしておるか」

と質した。

「はい」

と即答した四郎兵衛はその謂れを説明した。

「およその蔵前の様子は分かった」

定信はそう呟くと両の瞼《まぶた》を指先で揉んだ。

幹次郎は疲れ切った定信を見ながら、離れ家の座敷を窺う、

「耳目《じもく》」

を意識していた。

「幕府にとって、札差株仲間の二派分裂しての暗闘は差し障《さわ》りがある」

「畏れながら幕府は札差株仲間の旗本、御家人の借財の棄捐令を発することを考えておられるとか」

「四郎兵衛、吉原は早耳じゃのう」

「吉原はなによりも情報が集まる場にございましてな、幕閣で話し合われたお触れの中身も数日後には私のもとに届きます」

「呆《あき》れたわ」

と答えた定信だが、さほど驚いた風はなかった。

「官許の吉原を生かすも殺すもお上《かみ》のお考え次第にございますれば、私どもの探りも城中の表《おもて》、中奥《なかおく》、大奥《おおおく》の動向に集まっております」

「庄司甚右衛門《しょうじじんえもん》は恐ろしき里を作り上げたものよのう」

庄司甚右衛門とは吉原が今の浅草裏に移る前、日本橋《にほんばし》にあった元吉原を立ち上げた中心人物であった。

四郎兵衛が首肯した。

「四郎兵衛、吉原会所はなぜ伊勢亀派に与するか」

「吉原は代々札差株仲間とつかず離れずの関係を続けて参りました。吉原が札差株仲間の内情に立ち入ったことはございません。それは札差株仲間が吉原会所に立ち入らぬと同じことにございます」

定信が小さく頷いた。

「田沼意次様が送り込まれた香取屋武七こと黒澤金之丞には札差株仲間の本分を超えた野望がちらついております。また、企みのためには人を殺める無法も厭《いと》われませぬ。このような人物が札差株仲間の筆頭行司に君臨《くんりん》することが吉原にとってよいことか。また幕府にとって好むべきことなのか」

「香取屋武七は札差株仲間を牛耳り、なにをなそうというのか」

「殿様、私どもは香取屋一派の真意を探り得たとは申せますまい。ただ、田沼意次様が打たれた布石にございます。畏れながらただ今の武家社会を密かに身動きつかぬように支配しておるのは札差株仲間など江戸の金融商いにございましょう。商いの中心を握ることは、政をも左右できる力を得るということと田沼様が考えられた結果ではございませぬか」

「田沼どのは己の死後も蔵前を通して世を思い通りに動かすことを企んでおられたと四郎兵衛は申す気か」

「とも考えられます。定信様、そのような香取屋武七が筆頭行司となって、百万両を超える旗本、御家人方の借財の棄捐に素直に応じると思われますか」

「四郎兵衛、ならば伊勢亀半右衛門らは幕府の棄捐令に応ずるや、そのことどうだな」

「殿様、吉原会所は札差株仲間とつかず離れずと申しましたぞ」

「四郎兵衛、つかず離れずとは胡乱な言い方よのう」

　ふっふっふ
　四郎兵衛が老中首座の前で笑みを漏らした。

「殿様、伊勢亀半右衛門方の考えを推量する前に今ひとつ報告がございます」

「なにか、四郎兵衛」

「この一件、直《じか》に見聞した神守幹次郎の口から申し上げたほうが誤りがのうてよかろうと思います」

応じた四郎兵衛が幹次郎を見た。

「なにを見聞したと申すか」

「駒込勝林寺の月命日の集いを泉水越しに見聞致しました一事にございます。その折り、その場に集った香取屋一派は六十三名を数えました」

「すでに香取屋一派が百九株の大半を握っておるか」

「われらが見る前で伊勢亀派が敵方に潜り込ませた利倉屋五郎平が始末されましたで、六十二に減じましてございます」

「それにしても大勢《たいせい》を香取屋が占めておる事実に変わりなし」

「ただ今の両派の情勢はほぼ半ばで拮抗しております」

四郎兵衛が口を挟み、話を進めるようにと目顔《めがお》で幹次郎に促した。

「むろんその座を仕切る人物は香取屋武七にございましたが、御簾の後ろにもうひとりの人物がおられました」

「何者か」

「面体《めんてい》を頭巾で覆うておられましたゆえ顔を見ることは叶《かな》いませんでした。召し物の家紋が七曜紋の人物、挙動から察して、かなりの老人かと推測しました」

「なにっ、七曜紋とな、田沼家の紋所《もんどころ》か」

「はい」

「正体は探ったか」

「いえ」

何者であろうかと定信が自問するように呟いた。

「香取屋武七はその人物が田沼意次様であると、同席の札差に信じ込ませようとしておる気配が見えました」

「神守、田沼意次どのが生きておると申すか」

「香取屋一派はそのように見せかけております」

「家治《いえはる》様の死が引き金になり田沼意次どのが失脚したのは三年前の八月二十七日であった。その後、矢継ぎ早に田沼意次どのの力が削ぎ落とされて、謹慎、蟄居《ちっきょ》の最中に身罷られた」

「殿様、去年の七月二十四日にございました。弔いはなんとも寂しいものにございまして、駒込勝林寺に埋葬されました」

と四郎兵衛が答えた。

「おそらく幕閣のだれも弔いに出た者はあるまい」

「私は弔いを見送りに行きましたが、参列は近しい親族と家来衆のみにございました」

「四郎兵衛、それでも田沼意次は死んではおらぬ、生きておると申すか」

「その見込みはなくものうございましょう」

「仮に田沼意次が生きていたとせよ、蟄居謹慎の身でなにを企みおるというか」

「殿様、香取屋一派が新しい札差株仲間の筆頭行司に就いたとき、棄捐令に新体制の札差株仲間が強い反対の意向を表したとすればどうなりますな」

「ふうっ」

という吐息が定信の口から漏れた。

「旗本、御家人の暮らしがいよいよ困窮し、幕府が立ちゆかなくなろう。我が改革も頓挫《とんざ》するのは必定《ひつじょう》」

と定信が呻くように言った。

しばし沈黙が座を支配した。

「四郎兵衛、伊勢亀派の主導する札差株仲間は幕府の棄捐令を呑むな」

「殿様、私めは札差株仲間の者ではございません。ですが、畏れながら申し上げます。棄捐令が発布されれば百九株のうち何割かの札差が首を括《くく》るか、お店が潰れるか予測がされます。殿様、かような札差を救うために幕府では低利の貸付けをなされるお気持ち、ございませぬか」

「その考え、伊勢亀半右衛門の発案か」

「いえ、四郎兵衛一存の思案にございます」

しばし沈思した定信が、

「札差株仲間が棄捐令を呑むならば貸付会所の設立を考えてみようか」

と応じてそれに頷いた四郎兵衛が、

「伊勢亀半右衛門さんにこの旨、今晩中に伝えましょうぞ」

「呑むか呑まぬか、一日返答を待つ」

「畏まりました」

「我がほうでも駒込勝林寺の一件、香取屋武七の出自、調べる」

と定信が応じたとき、幹次郎はこの座敷の様子を見張る、

「耳目」

の気配が消えたのを察した。

「神守幹次郎、そなたに頼みがある」

と定信が幹次郎を見た。

「幕府と札差株仲間のただ今の筆頭行司伊勢亀半右衛門らとの間に同盟を結ぶよう取り計らおう。おそらく一両日中にははっきり致そう」

幹次郎は棄捐令がどれほど札差株仲間に打撃を与えるにしろ、伊勢亀半右衛門は同盟を拒絶しまいと考えていた。長い目でみれば幕府との共闘は、損ではないと札差たちも考えが及ぶだろうと思っていた。

「駒込勝林寺で見たという七曜紋の老人、田沼意次どの本人であれ、偽者であれ、そなたの手で始末せえ」

幹次郎は四郎兵衛の表情を窺った。四郎兵衛が頷き、幹次郎は定信に視線を戻すと、

「畏まりました」

と応諾《おうだく》した。

「田沼意次どのはもはや幕閣とは関わりなき人物、死の時まで蟄居、謹慎にあった一介の老人であった。その者を信奉するような駒込勝林寺における田沼意次ど

のの一周忌の集いなど催させはせぬ。これが幕府の上意《じょうい》である」

と定信が言い切った。

「承知致しました」

と四郎兵衛が受けて、定信の顔がようやく和み、傍らに用意されていた鈴を鳴らして酒肴の仕度を命じた。

四郎兵衛一行が屋根船に戻り、舫《もや》い綱《づな》が解かれて松平定信の抱屋敷の船着場を船が離れた。見送ったのは用人ら数人だけだ。

御浜御殿の傍を流れる堀端から江戸内海に出ると月明かりに白波が立っているのが見えた。

「神守様、また厄介を負わせましたな」

四郎兵衛が幹次郎を見た。

「いえ、これもそれがしの務めにございます」

幹次郎の言葉に頷いた四郎兵衛が、

「明日から伊勢亀派の反撃が始まります。当座、伊勢亀派と香取屋一派の争いが激化しましょうな。じゃが、商人というもの、利に敏《さと》い方々でしてな、老中首座と田沼意次様の亡霊を秤《はかり》にかければ、すぐさま答えが出ることにございますよ。明日から数日の間、様子をみれば大勢が判明します」

と言い切った。

「七代目」

と舳先から長吉の声がした。

小頭の長吉は助船頭に扮して、屋根船に乗り組んでいた。そのことを幹次郎も承知だった。

「香取屋一派の船と思える三艘が佃島《つくだじま》から漕ぎ出されてきました」

長吉の報告に幹次郎が羽織を脱いで汀女に渡した。汀女は頷き返して受け取り、幹次郎は藤原兼定を手に屋根の下から舳先に出た。

「小頭、ご苦労じゃな」

「神守様こそ、お疲れにございましょう」

と老中首座と極秘の面会は心労であったろうと労った。

「われらの御用にござれば」

と応じた幹次郎が舳先に立ち上がり、灯りを点してこちらに急接近してくる船を見た。一艘に七、八人の人影が見えた。香取屋一派の操る寛政刷新組の面々か。

四郎兵衛らが乗る屋根船と三艘の間には白波が立つ海が三丁（約三百二十七メートル）ほど広がっていた。だが、その距離がみるみる縮まっていく。

「総勢二十数人か」

「神守様、弓を携えておるようです」

幹次郎は長吉の落ち着きぶりを見ていた。

「小頭、なんぞ手立てがございますかな」

「四郎兵衛様と老中首座の会談に香取屋一派が神経を尖らせないはずもございますまい。とはいえ、いくら神守様がお供とはいえ、こう船戦《ふないくさ》仕立てで襲いかかられては堪《たま》りませんや」

と小頭が言ったとき、鉄砲洲《てっぽうず》の浜から数艘の早船が漕ぎ出されてきた。

「どうやらあれがわが方の軍船《いくさぶね》ですかな」

と幹次郎が応じたとき、鉄砲洲から姿を見せた早船の群れから、

さあっ

と三艘の船に強盗提灯《がんどうぢょうちん》の灯りが照射されて、船に乗る面々が灯りに浮かび上がった。

「深夜、剣槍《けんそう》に弓まで携えて江戸内海に漕ぎ出してくるとは海賊船か！」

と大音声《だいおんじよう》が早船から上がった。

吉原会所の番方仙右衛門の声だった。

佃島から漕ぎ出されてきた三艘の船が早船に沸き立ち、まず弓に矢が番《つが》えられて、満月のもとに引き絞られた。

一触即発《いつしよくそくはつ》、両派の間が半丁と迫り、早船の背後を悠然と四郎兵衛の屋根船が航行していった。

「引けえ！」

と敗色濃厚とみた三艘の船の長《おさ》が命じて、佃島へと急ぎ漕ぎ戻っていった。

「やれやれ」

と長吉が呟いた。

「早船は魚河岸の押送船《おしよくりぶね》でございましてね、漁師をいかにも侍の恰好に扮装させて、戦仕度で乗り組ませたのでございますよ。あやつらが戦を望んだら、すたこらさっさと逃げるしかなかったんですがね、まあ、今晩は番方の策がまんまと当たりました」

と長吉が幹次郎に言うと、愉快そうに笑った。

第五章　形勢逆転

一

　幹次郎は朝風呂に行った。すると今朝も船宿牡丹屋の船頭政吉が白髪頭を湯船に浮かべて、両目を瞑っていた。

「お早うござる」

「神守様こそ。昨夜は七代目のお供で帰りが遅かったはずじゃございませんか。えらく早いお目覚めですな」

「政吉さんの癖が移ったか。いや、このところ目覚めが早いということは歳を取ったということであろうか」

「まだまだ朝早くに起きる歳ではございませんよ。あれこれと御用が過ぎて気が高ぶっているのでございますよ」

「そうしておこうか」

かかり湯を使った幹次郎は政吉の傍らに静かに浸かった。まだ新湯《あらゆ》の感じで湯が尖っていた。

「歳を取ったくせに熱い湯に浸かる悪癖《あくへき》がございましてね、身内には体によくないと言われるんですがやめられませんので。体じゅうの毛穴が一気に開いて毒気が出ていくような気がするんですよ」

「眠気はすっ飛びましたがいかにも熱うございますぞ」

「やはりね」

と笑った政吉が、高助《たかすけ》さんやと釜焚《かまた》きの名を呼んだ。

「呼ばわったかねえ」

と在所訛《なま》りの高助が釜場の細い戸を開けて真っ黒な顔を見せた。

「やっぱり熱いそうだ、少し水をうめてくれまいか」

「父つぁん、湯を掻き混ぜんべえ、折角《せっかく》沸いた湯だべさ」

と高助が釜場にいったん姿を消して、湯掻き棒を手に姿を見せた。

政吉は湯船に残ったが、幹次郎は立ち上がって洗い場に上がろうとした。

そのとき、柘榴口《ざくろぐち》の下に白刃が煌《きら》めいて見えた。

幹次郎は湯船の中から高助の湯搔き棒を引《ひ》っ手繰《たく》った。と同時にふたり、いや三人の刺客が柘榴口から飛び込んでくるのが見えた。

「政吉どの、湯船の端に浸かっておられよ」

と叫んだ幹次郎が湯船の縁を飛び越すと、湯けむりに一瞬視界を奪われた感がある刺客のひとり目の首筋を殴りつけて一気に壁際に吹き飛ばした。

「おのれ！」

とふたり目、三人目が切っ先を真っ裸の幹次郎に向けた。

幹次郎はいったん湯船のほうに下がると見せかけた。袴《はかま》の股立《ももだ》ちを取ったふたりの刺客が誘われたように踏み込んできた。

幹次郎の足先が積んであった木桶を蹴り飛ばした。そのひとつが胸に当たりかけて、刺客のひとりは思わず刀を握った手で桶を払った。

幹次郎が湯搔き棒を手に流れた刃の前に踏み込み、したたかに脳天を殴りつけて、その場に昏倒《こんとう》させた。

残るひとりが横手から切っ先を幹次郎の脇腹に突っ込んできた。だが、洗い場に倒れた仲間に邪魔をされて切っ先が届かなかった。

湯掻き棒がくるりと転じて刃を持つ腕を叩き、立ち竦んだ相手の首筋を強打した。すると湯掻き棒がふたつに折れ飛んだ。

三人目も洗い場に崩れ落ちた。

幹次郎は折れた湯掻き棒を捨てると刺客の手から刀を奪い、柘榴口を見た。

四人目がいる風には見えなかった。

「高助さんや、吉原会所に走って番方か小頭に事情を告げてくれぬか」

と釜場へ続く細い戸口に棒立ちになっている釜焚きに願った。

「なにっ、おらに大門を潜れと言うんけ」

「大門を知らぬわけではあるまい」

「吉原の大門ならばまんず承知だあ。真っ黒のよ、この顔を女郎衆に見られるのが恥ずかしいだ」

「この刻限、遊女衆は仮寝の床の中じゃあ、そなたが訪ねても見る者もおるまい。通用口から入りなされ」

「女郎衆がいねんならこの高助、ひとっ走り行ってくるだ」

と高助が姿を消した。

幹次郎は裸のまんまで刺客らの刀の鞘を腰から抜くと下げ緒を外し、刺客らを後ろ手に縛り上げた。ふたりは意識を失っていたが、残るひとりは朦朧《もうろう》としながらも柘榴口ににじり寄りながら逃げようとした。

幹次郎は裸足の足首を摑んで洗い場に引き戻し、

「大人しくせねば斬る」

と宣告した。

髭面《ひげづら》が歪《ゆが》んでなにかよからぬことを考えている風があった。

政吉が湯船の向こうから真っ赤に茹《ゆ》で上がった顔を出し、

「お侍よ、なんぞ抗《あらが》おうなんて考えるんじゃねえよ。神守様の手にあるのはおめえの刀だ。この次はおめえの素《そ》っ首《くび》が吹き飛ぶぜ」

と言いかけると、相手はがくがくと頷いた。

幹次郎は洗い場に三人目を座らせると後ろ手に縛り上げた。

「朝からひと汗掻くことになりました」

幹次郎が二本の抜身を拾い集めて釜場の向こうに投げ、一本は傍に置いた。かかり湯を改めて使うと政吉の傍らに入ろうとした。

「神守様、やめたほうがいい。さすがのおれも茹で上がりそうだ」

と政吉父つぁんも真っ赤な顔で湯船から上がってきた。

「釜焚きはいねえ、湯搔き棒は折れた。高助の帰りを待つしかねえか」

と政吉が湯船の縁に腰を下ろした。

どうしたものかと幹次郎が抜身を片手に立っていると柘榴口に人の気配がして、おずおずと顔がふたつ覗いた。そして、真っ裸で抜身を提げる幹次郎を見て、

「ひえっ」

と悲鳴を上げた。

「山川町の隠居、よく見ないか。会所の神守様だよ。悪い連中はほれ、洗い場に魚河岸の鮪《まぐろ》のように転がっていようが」

と政吉が朝風呂仲間に言いかけると、

「おっ、たしかに裏同心の旦那だ。裸で突っ立ってよ、抜身をおっ立てているところなんぞを吉原の遊女《なか》が見たら、むしゃぶりついてくるぜ」

と山川町の隠居と呼ばれた年寄りが柘榴口から姿を見せて、仲間を手招きした。

「政吉さん、なにがあった」

「なにがあったもねえもんだ。いきなり柘榴口の向こうから抜身を下げた三人が神守様目がけて襲いかかってきたんだよ。隠居、脱衣場でなぜ止めてくれなかったか」

「無茶言うねえ、刀振り翳した侍を止められるものか。それにしても裏同心の旦那、湯に刀を持参していなさるか」

「違うよ、釜焚きの湯搔き棒で始末なさったんだよ」

「ほうほう、そんな芸当がな、嘘のような話だぞ」

「疑ったな。ほれ、洗い場に折れた湯搔き棒が転がっていようが。神守様の抜身は相手のものだよ」

「会所の裏同心は強いと聞いていたが、立ち合いを見たかったな。政吉さんは見物したろうな」

「それがよ、神守様に湯船の中でじいっとしていろと命じられてさ、湯船の内側に顔をくっつけて震えていてよ、見逃した。なんとしても一瞬の早業よ」

「見てもいねえでそう決めつけるねえ」

山川町の隠居は痩せた体で後ろ手に縛られた三人を眺め下ろし、

「小汚い単衣《ひとえ》を着込んだ三人が洗い場に転がっていると迷惑千万だな」

「隠居、迷惑なのは洗い場じゃねえ、湯船が煮え返っているんだ。なんとかならねえか」

と政吉が言うところに湯屋の番頭や男衆が顔を覗かせて、釜下の火加減をして湯船に水を注ぎ込んだ。

「いやはや、牡丹屋の政吉がよ、湯屋で一物を曝して斬り殺されたなんて読売に書かれちゃよ、江戸っ子の恥だものな」

と政吉が言いながら湯船に足を入れて、

「神守様、ちょうどいい湯加減だ」

と幹次郎に呼びかけ、幹次郎は抜身を洗い場の外に立てかけ、湯船に戻った。

「これはちょうどいい湯加減じゃぞ」

山川町の隠居らが湯船に身を浸したとき、柘榴口の向こうで大勢の人の気配がして、小頭の長吉が、界隈の御用聞き、寺町の松三郎《しょうざぶろう》親分と手下を案内して顔を覗かせた。

「小頭、運び出し易《やす》いように下げ緒で後ろ手に縛ってあらあ」

湯の中から政吉父つぁんが指図して、苦笑いした長吉らが着物姿で洗い場に入ってきた。

「ともかく三人を外まで運び出せ」

寺町の松三郎親分の命《めい》で手下たちが三人の刺客を柘榴口の向こうに引きずり出した。

「親分、そいつらの刀はここに一本とよ、釜場に二本転がっていらあ」

と政吉が告げた。

頷いた松三郎親分が折れた湯搔き棒を摑んで、

「こいつであいつらを叩きのめされましたか」

と幹次郎に訊いた。

「折りよく釜焚きどのが湯を搔き回そうとしたところでござってな、拝借《はいしゃく》致した。湯搔き棒が命の恩人にござった」

「ござったなんて平気な顔をしておられるぞ。おれはこれまで掛け違って神守様の腕前を見たことがねえが、こりゃ並みじゃねえな」

「寺町の親分よ、下谷《したや》の香《か》取神道流《とりしんとうりゅう》の津島傳兵衛《つしまでんべえ》先生も神守さんの腕には一目《いちもく》置いておられるのだぜ。並みの腕前だなんてあるものか」

今朝の政吉船頭は口数が多かった。

「神守様、あやつら何者ですね」

と松三郎親分が幹次郎に尋ねた。

「なにも申さぬで正体は知れぬ、じゃが推測はつく。御蔵前のどなたかが密かに雇うておられる寛政刷新組とかいう輩《やから》どもであろう」

「札差の香取屋はおっかねえ連中を飼っておられるって噂があるが、あの連中かえ。吉原会所も蔵前の争いに巻き込まれたというのはほんとの話のようだな」

「それがしの口からはなんとも申せぬ。あやつらから、雇い主はだれか、なぜそれがしを襲うたか聞き出してくれぬか」

と幹次郎は願った。

「神守様、あとはわっしらにまかせてくんな」

小頭の長吉と寺町の松三郎親分が最前まで幹次郎が握っていた抜身を下げて柘榴口から姿を消した。

「ふうっ、これでいつもの湯屋に戻ったぜ。浸かり直しだ」

と政吉の声がして、幹次郎も湯船に改めて体を沈めた。


湯屋から戻ると幹次郎の長屋に髪結のおりゅうが呼ばれていた。

長屋の庭に面した縁側に座が設けられ、そこが仕事の場になる。朝顔の蔓《つる》が棚に緑の壁を爽やかにも作り、日差しを防いでいた。

「幹どの、長湯にございましたな。おかげでおりゅうさんを待たせましたよ」

「いささか騒ぎがあってな」

と幹次郎が事情を告げた。

「なんと、神守様を湯屋で襲った者がございますか」

「幹どの」

と女ふたりがそれぞれに驚きの言葉を言った。

「折りよく釜焚きどのが湯搔き棒を持って湯を搔き回そうとしたところでな、拝借してなんとか窮地を逃れた。それにしても真っ裸で棒切れを振り回すのは、腰が浮わついたようで具合がよくないな」

「幹どの、おりゅうさんの前でなんということを」

と汀女がいつにない幹次郎の軽口めいた言葉を非難した。

おりゅうがまじまじと幹次郎を見ていたが、そのときの様子を想像したか、

ぷうっ

と吹き出すと一頻《ひとしき》り大笑いした。

「おりゅうさん、笑うものではない。こっちは必死なのだからな」

「それは分かりますが、なんとも見たいような見たくないような」

「おりゅうさん、だれも見たくはございますまい」

汀女はいつになく苦々しい顔で言い、その場を立ち去りかけ、

「姉様、それがしも好き好んで裸の立ち回りをなしたのではないぞ」

と幹次郎は言い訳した。

「それはそうでございましょうが、なぜ湯屋でまで命を付け狙われますな」

「汀女先生、大小を手挟《たばさ》んでいる神守様に太刀打ちできないと、裸でいる湯屋を襲わせたに決まってますよ。だれですね、そんな差し金をした奴は」

「はっきりとはせぬが御蔵前の騒ぎに絡んでのことであろうな」

「寛政刷新組の一味でしたか」

とおりゅうが即座に反応した。

吉原に出入りする髪結だ、あれこれと情報を握っていた。

「おりゅうさん、よう知っておられるな」

幹次郎は縁側の座布団に腰を落ち着けた。すると汀女がお湯の張られた桶を台所から運んできた。

「お願いしよう」

と幹次郎が願い、鋏《はさみ》を手にしたおりゅうがぷつりと元結《もとゆい》を切った。

「知っているもなにも、女郎衆は寄ると触ると伊勢亀の旦那が筆頭行司を守り切れるか、香取屋武七様が新たな筆頭行司に就かれるかと、大騒ぎしていますからね。女郎衆も勝ち馬に乗るのは当然のこと、致し方ないのですよ」

「吉原の大のお得意は札差の旦那衆に、番頭さんじゃからな」

「金をもらうほうがなけなしの小判を遣って札差の旦那や番頭を取り持たねばならないなんておかしな話ですけどね、遊女衆にしてみればともかくだれであれ、客は客、金子を遣ってくれるのがお得意様なんですよ」

「遊女衆の下馬評ではどちらが次の筆頭行司に選ばれるとな」

「伊勢亀派も香取屋一派も相手方に味方を紛れ込ませたりして、実態はなかなか分からないそうですがね。どうやら香取屋の旦那が百九株の半数以上を握ったという話ですよ」

「さようか」

「会所は伊勢亀の旦那を後押ししているのでしょう」

「伊勢亀の旦那と七代目は親しいでな」

「仲を取り持ったのは、薄墨太夫でございますね」

「さあてどうかな」

「香取屋一派が札差百九株を握ったら薄墨太夫は閑古鳥《かんこどり》、干し上げられると香取屋一派の旦那衆が噂しているそうです」

「そのようなことがあろうかな」

と幹次郎は曖昧に返事をした。

台所から汀女が片づけする音を確かめるように見たおりゅうが、

「神守様、ここは薄墨太夫のためにひと肌もふた肌も脱がねばなりますまい」

と幹次郎の耳元に囁いた。

「それがしは会所の命で女郎衆の身を守るのが務め、それは薄墨太夫であろうと白川さんであろうと変わりはない」

「そんなこと言って。薄墨太夫が神守様にほの字なのは吉原じゅうが承知のことですよ」

「おりゅうさん、そのような噂は薄墨様ならずとも迷惑千万であろう」

と幹次郎が答えると、

「そこが神守様のずるいところにございますよ」

「ほう、それがしがずるいとはまたどうしたことかな」

「汀女先生と薄墨太夫の両手に花」

「姉様と薄墨太夫は姉と妹のような間柄で仲がよい、一緒にいる時もそれがしより多かろう。無責任な噂があれこれ飛ぼうと、われらの間柄は変わりない」

「そうでしょうかね」

と幹次郎の髪を梳きながらおりゅうが無責任な返事をした。

いつしか幹次郎はうつらうつらとしていた。髪を梳かれて気持ちよくなったせいか。それを見たおりゅうが、

「あらあら、神守様ったら髪を梳かれながら眠っておられますよ」

と台所の汀女に伝えた。

「このところ御用のせいで夜が遅うございます。疲れが出ておるのでございましょう。御免なさいね、おりゅうさん」

と年上の女房が亭主の無作法を詫びた。汀女は胸の中で、

(幹どの、おりゅうさんの追及から逃げなさったな)

と笑った。

「さあ、きれいに仕上がりましたよ、神守様」

とおりゅうに肩をぽーんと叩かれて幹次郎は目を覚まし、

「おお、おりゅうさんに髪をいじってもらいながら眠り込んでしまったわ。大変失礼を致した」

「神守様は逃げなさった」

とおりゅうが耳元に囁いたとき、長屋の戸口に人影が立った気配があった。汀女が気づいて、

「神守幹次郎の長屋にございます」

と迷った風の人影に言いかけた。するとするりと腰高障子が引き開けられて身《み》代《が》わりの左吉《さきち》が立っていた。

「左吉さん」

左吉が長屋を訪ねてくるなど初めてのことだった。汀女の驚きとは別に、

「よう見えられた。それがしも左吉どのに会いたいと思うておったところです」

と香取屋一派の策動について探索を続ける左吉がこのところ顔を見せないことを気にかけていた幹次郎が縁側から左吉に笑いかけ、おりゅうが髪結道具を片づけ始めた。

二

左吉は一刻ほど左兵衛長屋で幹次郎と話し込んだ。その間に汀女が吉原会所に出向き、幹次郎の言葉を四郎兵衛に伝えると、その足で浅草並木町の料理茶屋山

口巴屋に向かった。

話し合いを終えた左吉に幹次郎が訊いた。

「左吉どの、頂戴した金子が半分ほど残っておるか」

「過日、探索の費《つい》えは足りておるか」

の言葉を残した左吉が長屋から消えた。

さらに四半刻ののち、幹次郎は汀女が仕度しておいてくれた夏小袖に袴を穿き、

この日は、無銘ながら江戸の研ぎ師が豊後の刀《かたな》鍛冶《かじ》行平《ゆきひら》の作と推測した刃渡り

二尺七寸（約八十二センチ）の大剣を携えて長屋を出た。

その瞬間から尾行者の気配を幹次郎は感じていた。だが、素知らぬ体で木戸を

出るとその姿は吉原には向かわず、田町の裏道から浅草山川町への道を辿り、浅

草寺寺中の寺町を抜けて、金龍山《きんりゅうざん》浅草寺随身門《ずいじんもん》から境内に入った。するといつ

も以上の参詣の人々でごった返していた。

七月九日、十日は四万六千日《しまんろくせんにち》だ。

この日、観音様にお参りすれば四万六千日分のご利益により長命できると信じ

られていた。観音信仰が盛んになるにつれて広まった行事で、元は千日詣《せんにちもう》でと呼

ばれていた。京都の清水寺《きよみずでら》では平安の世から千日詣でが行われていたという。そ

の千日詣でが江戸に伝わり、浅草寺の四万六千日の行事になったものだ。

秋とはいえ暑い盛りに込み合う人いきれで境内はむんむんしていた。

幹次郎は人込みを巧みに利用して尾行する者をまいて姿を消した。


この日、御蔵前通り天王橋際の札差筆頭行司伊勢亀半右衛門方に札差百九人の内、天王町組六番組、片町組六番組、森田町組六番組の計十八の組から、都合十八人の世話役が呼び集められた。

いつもならば賑やかな挨拶が交わされるのだが、この日ばかりは固い表情で筆頭行司伊勢亀半右衛門の登場が待たれていた。

というのも札差株仲間は伊勢亀派と香取屋一派に二分されて、次の筆頭行司を巡り、票固めに必死の戦いが繰り広げられていたからだ。香取屋一派は尋常な手段ばかりか脅し、殺人とあらゆる無法を繰り返していた。

一方、伊勢亀派では無法に対抗するために吉原会所に助勢を願っていた。

ために この場に顔を揃えた世話役は、伊勢亀派に与する者あり、香取屋一派に所属する者ありで、互いがなんのための呼び出しかと疑心暗鬼に陥っていた。

香取屋武七は、片町一番組の世話役だが主の武七の姿は見えず、新しく大番頭に就いたという猪三郎《いさぶろう》を代役に立てていた。

「お待たせ申しましたな」

伊勢亀半右衛門が大広間に姿を見せて、

「お暑い最中、ご苦労に存じます」

と時候の挨拶をなした。

だが、その挨拶にもおよそ半数が小さく頷いただけで、香取屋一派に与する赤《あか》地五郎平《ちごろへい》、井桁八郎兵衛門《いげたはちろべえもん》、上総屋源三郎《かずさやげんざぶろう》、鹿嶋屋金八《かしまやきんぱち》ら十人の世話役連は表情も変えずに半右衛門の次の言葉を待っていた。

「多忙な砌《みぎり》です。要件を申し伝えます」

一座に緊張が走った。当然、筆頭行司が札差株仲間を二分する争いに言及すると考えたからだ。

「内々に幕府勘定方より通達がございました。幕府では旗本、御家人の困窮ぶりを座視すること能《あた》わず、天明四年（一七八四）以前の貸付けを帳消しとし、以降の貸付けの金利を年六分に、さらに新規の貸付金利は一割二分を上限とせよとの申し付けにございました」

座がざわめいた。伊勢亀派も香取屋一派も思いがけない幕府の触れに混乱して動揺した。

「筆頭行司、これは棄捐令にございますな」

と天王町二番組の世話役森村屋三郎兵衛《もりむらやさぶろべえ》が念を押した。

「いかにもさようです」

「筆頭行司、それを黙って受けてこられたか」

香取屋一派の片町五番組の鹿嶋屋金八が喚くように問い質した。

「いくら筆頭行司とは申せ、このような大事、独断で決めることはできませぬ。よってかように各組の世話役十八人に集まってもらいました」

十八人は隣の席の者と勝手に喋り始めた。

「筆頭行司、このような無理無体はその場で断わるのが筆頭行司の務めにございますぞ」

香取屋一派の井桁八郎兵衛門が大声を上げた。その尻馬に乗って何人かが、

「そうですとも、なにもわざわざ世話役を集める要もございますまい」

とか、

「かようなためにふだんから幕閣の要所要所には金子を配っております」

とか言い出した。

「筆頭行司、もしこのような棄捐令が強硬に出されたとするならば、札差株仲間がこうむる損害はいくらになると見積もられておりますな」

伊勢亀派の大和屋与兵衛《やまとやよへえ》が訊いた。

「ざっとの算盤勘定ですが、百十万両を超えましょうな」

「札差百九株の何割かは潰れますぞ。聞き入れられませぬな」

の声が上がった。

もはや伊勢亀派も香取屋一派もなかった。

「ご一統様にお尋ね申します。幕府の意向に反対する手立てがございますかな」

と半右衛門が一座を見渡した。

「筆頭行司、新規の貸付けを断わるまで」

香取屋一派の赤地五郎平が提案した。

「有効な手立てです。幕府も窮地に陥られましょうな。また旗本、御家人は食うに困る事態になりましょう」

「それこそ狙いだ」

と赤地五郎平が言い、さらに続けた。

「幕府の棄捐令と札差株仲間の貸付け停止の綱引きです、根負けしたほうが手を引くしかない。兵糧《ひょうろう》はうちのほうが蓄えてございましょう。この勝負、勝ちますな」

赤地五郎平の提案に一座は、焦眉《しょうび》の急を脱したようにほっと安堵の吐息を漏らした。

「ご一統様に申し上げます。旗本、御家人を困窮に追い詰めたとき、どのような事態が生ずるか、推測できますかな」

「どういうことです、筆頭行司」

赤地五郎平が半右衛門を睨み返した。

「窮鼠《きゆうそ》猫を嚙むの喩《たとえ》もございましょう。ただ今の幕府、形は大きくとも鼠にも等しい。じゃが、腹を括って反撃するとなると、われら札差株仲間を蹂躙《じゆうりん》するくらいなんでもございますまい。あちらは武人、われらは商人にございます。武家方の世をひっくり返すことなどできますまい」

座にまた重い沈黙が漂った。

「もともと私どもは札差が本業にございます。禄米を換金して、歩合を頂戴するのが札差株仲間の務めにございました。それがいつしか禄米を担保に金子を融通するようになり、旗本、御家人の窮状を見かねたお上は、私どもの金貸し業をも黙認せざるを得ないことになった。お互いが持ちつ持たれつのときはよい、しかしかように客たる武家方が一方的に困窮し、札差株仲間に莫大な貸付金の証文が山積みされるとき、このような棄捐令が出されることは目に見えていた」

「伊勢亀、お上の命を黙って受けよと言われるか」

上総屋源三郎が嚙みついた。

「そうは申しておりません。私が言うたのはお上のお考えを推測しただけにございます。その上で私どもの腹を固めねばなりますまい」

「筆頭行司、お上の命を受けた場合、百十万両の損害をこうむると言われましたな。どなたかが申されたが、札差株仲間に潰れる店が出るのは目に見えておる」

伊勢亀派の板倉屋忠兵衛《いたくらやちゅうべえ》が伊勢亀に縋る目を向けた。

板倉屋には天明四年以前の貸付金が二万三千両も残っていた。これが棄捐となれば店の商いに大きな打撃を受ける。

「板倉屋さん、どこもが大なり小なりの被害をこうむる。そこでひとつ、提案がございます。棄捐令を受ける代わりに勘定方より出資金を募《つの》って、棄捐令で経営が苦しくなった札差に低利での貸付けを受けられるように貸付会所を設けることをお上に願う、かような防衛策が考えられます」

「筆頭行司、そなたはすでに棄捐令を受け入れることを前提に話を進めておられるな。そのような弱腰ではお上との交渉はできかねる。この際、新たな方に座を譲られて隠居なされたらどうですな」

と鹿嶋屋金八が正面切って伊勢亀の筆頭行司辞任を言い出した。香取屋一派の何人かが騒ぎ出した。

座が紛糾《ふんきゅう》した。それを制した伊勢亀半右衛門が、

「鹿嶋屋さん、出処進退《しゅっしょしんたい》は自ら決めさせてもらいます」

「いや、香取屋武七さんにおまかせするのが札差株仲間の立ちゆくためのただひとつの方策ですぞ」

と上総屋源三郎が鹿嶋屋に賛意を示した。

「お上に逆《さか》らって札差株仲間が生き残れると思うてか」

板倉屋忠兵衛がふたりに嚙みついた。

場がさらに騒然とした。

「そなたの主の香取屋武七どのは、あくまで公儀の棄捐令に反対されますかな」

伊勢亀が香取屋の代役の番頭猪三郎に質した。

「むろんのことじゃぞ」

それまで無言を貫いてきた猪三郎の言葉遣いは、どこか武家の出を感じさせるものがあった。香取屋武七一派の世話役たちが大きく頷いた。

「札差株仲間が棄捐令を蹴るならば、お上は私どもから鑑札《かんさつ》を取り上げることも考えておられる」

伊勢亀の言葉に悲鳴が上がった。

「お上の脅しです、なあに、兵糧戦にはこちらに分《ぶ》がある。第一お上から内々の打診があったというが、いったいどの筋からの情報《はなし》か」

と上総屋が反論した。

「上総屋さん、とくと考えてくだされよ。棄捐令を受け入れたとしても札差株仲間が立ちゆかなくなるわけではない。俗に損して得取れと申しましょう。ここはお上に貸しを作っておくのも札差株仲間の生きる道かと存じますがな」

伊勢亀半右衛門が提案し、

「上総屋さんは、お上の内示はどこからじゃと問われております。幕閣のどなたか次第では金子の三万両も届ければそのような話は沙汰やみになる」

と赤地五郎平が反論した。

「赤地さん、田沼様の時代は終わりました、賄賂《まいない》は御法度にございます」

「なあに賄賂はいつの時代にも有効な手立てです。なにより田沼意次様の時代が終わったとだれが言い切れますな」

この発言にしばし重い沈黙が座を支配した。

「赤地さん、ただ今の発言、異な言葉にございますな」

「異であろうかなかろうか近々分かるわ」

赤地が居直るように言い、香取屋一派が大きく頷いた。

「上総屋さんの、棄捐令はお上のどなたからの情報《はなし》かとの問いにございますが」

「答えてもらえましょうか、伊勢亀さん」

「昨日、この伊勢亀半右衛門の代理人が老中首座松平定信様に直に拝謁《はいえつ》致しました。棄捐令を蔵前が受け入れる代わりに貸付会所を通して札差株仲間を助けるという内々の約定《やくじょう》が申し渡されたのもその場のことにございます」

座に衝撃が走った。

伊勢亀派も香取屋一派も老中首座松平定信自らが動いているとは考えてもいなかったからだ。

「松平様は棄捐令と同時に札差株仲間が立ちゆく方策も示されたのです」

と筆頭行司が最前からの提案を繰り返すと伊勢亀派の世話役連の顔に致し方な

いかという賛意の表情が見られた。

「ただしそれには乗り越えるべき難題がございますそうな」

「難題とはなんですな」

「巷《ちまた》に飛び交っておる噂、札差の一部が田沼意次様の月命日に駒込勝林寺に集まり、田沼一派の再結集を企てるなど断じて許さぬ、厳重な沙汰を近日うちに取ると松平定信様は言明された」

「なんと」

と香取屋一派の者たちから驚きの声が漏れた。

「ただ今の老中首座松平定信様の言《げん》じゃと、いきなり言われても信じることができるものか。そなたの代理で老中首座に拝謁したというのは何者か、ここに連れて参られよ」

香取屋の新しい番頭の猪三郎が武家言葉で反論した。

「猪三郎さんとやら、そなた、田沼意次様の関わりのお武家様のようですな。御蔵前の札差株仲間には俄《にわ》か武家商法なぞ通じませんぞ」

「おのれ」

と猪三郎が喚き、

「老中首座松平定信様の名を持ち出して、拝謁したなどと虚言を弄するではない。代理人とはだれか、言うてみよ」

とさらに叫んだ。

すうっ

そのとき、控えの間の閉じられていた襖が引き開けられると、吉原会所の七代目頭取四郎兵衛が神守幹次郎と汀女の夫婦を従えて座していた。

「七代目が半右衛門さんの代理でしたか」

伊勢亀派の大和屋与兵衛が得心したという声音で呟いた。

「大和屋さん、真の伊勢亀半右衛門様の代理人は神守幹次郎、汀女の夫婦にございますよ。ご存じの方もおられようが松平定信様の側室お香様は、御儒者の家系佐野村家のご息女にございましてな、若き日の松平定信様と兄妹のように田安屋敷で育たれた仲にございます。佐野村家に不運が見舞ったのは当時権勢を誇っておられた田沼様の差し金という噂もございます。そのような仔細があって娘時代に吉原に禿として身を置かれたことがございますのじゃ。その経緯を承知していた私がな、陸奥白河藩主になられた松平定信様にお香様の御身を贈ったのでございますよ。これは吉原会所がときに打つ将来への布石のひとつにございましてな、

猪三郎がなにごとか言いかけた。それを四郎兵衛が炯々《けいけい》と光る眼差《まなざ》しで睨み、まだ話は終わっておらぬと制すると、

「松平定信様が老中首座に就任なされたとき、お香様は白河《しらかわ》におられました。このお香様を田沼意次一派の刺客から守って江戸に無事連れ戻されたのは、ここにおられる神守幹次郎と汀女の夫婦にございましてな、以来、お香様の絶大な信頼を得ておられるのです。そのようなわけで私ども三人が伊勢亀半右衛門さんの代理として、松平定信様、お香様にお目にかかりました」

「七代目、その場で棄捐令の話と、貸付会所設立の話が出たのですな」

と大和屋与兵衛がさらに念を押した。

「いかにもさようです」

と四郎兵衛が受けて答えた。

「ご一統様、私どもは商人にございます。ご改革を推し進めるただ今の老中首座松平定信様に与するか、はたまたすでに死せる田沼意次様に縋るか、その算盤勘定は難しいことではございますまい」

伊勢亀半右衛門が四郎兵衛の言葉のあとに言い切った。

「おのれ、死せる田沼意次様と申したな」

「猪三郎さんや、田沼意次様は昨年七月二十四日に身罷られたのはもはや動かしようもない事実にございますよ。一周忌に事寄せて不穏な集まりなどをなさるお方がおられるならば、集まりに参じた人々をお上は徹底的に取り締まる、当然の御沙汰にございますよ。よいな、一周忌は意次様のお孫意明《おきあき》様が施主《せしゅ》になり、静かに執り行われるのがよろしかろうと思います」

「見ておれよ」

猪三郎が伊勢亀半右衛門と四郎兵衛を睨み返しながら恫喝《どうかつ》するように告げると立ち上がり、香取屋一派の世話役らを見回した。

だが、香取屋一派の中で猪三郎に従って立ち上がったのは、赤地五郎平、鹿嶋屋金八、上総屋源三郎の三人だけだった。残る七人は田沼意次の亡霊から、老中首座松平定信の後ろ盾を得た現筆頭行司の伊勢亀派に寝返ったのだ。

猪三郎らは控えの間《ま》を抜けて内玄関に向かった。ために四郎兵衛や神守幹次郎、汀女夫婦の傍らを通り過ぎることになった。

猪三郎の憎しみに満ちた視線が四郎兵衛に、幹次郎と汀女夫婦に突き刺さった。

不意に敷居際で立ち止まった猪三郎が幹次郎を睨みつけ、

「おぬしだけは許しがたし」

と言った。

幹次郎は猪三郎の顔を見上げた。

猪三郎が睨み返した。だが、それ以上の言葉はなかった。

幹次郎は、猪三郎が考え過ぎてのことかと思い、無言を通した。

猪三郎が立ち止まったために赤地五郎平ら三人は猪三郎の背後をすり抜けて一瞬でも早くその場から逃れようとした。

猪三郎の左手が上総屋源三郎の腕を摑むと幹次郎が座す場へと押し倒した。そして、右手を襟元に突っ込むと懐に隠し持っていた短刀を抜き、上総屋の体を両手で抱き留めるはずの幹次郎に突き出した。

その瞬間、
ふわり
と上総屋源三郎の体が宙に浮かび、猪三郎のほうへと飛んできた。ために猪三郎が突き出した短刀の切っ先が上総屋の背中を貫き、絶叫がその場に響き渡った。

奇襲に失敗した猪三郎は上総屋の背から短刀を抜くと茫然と突っ立ったままの赤地五郎平、鹿嶋屋金八に体当たりを食らわせて表に逃れようとした。

だが、大剣を片手に幹次郎がすでにその前に立ち塞がっていた。

「猪三郎とやら、本名を名乗って地獄に参らぬか」

汀女が背後で幹次郎の下げた剣の鞘を両手で受けた。

「ぬかせ」

と喚いた猪三郎の血塗れた短刀が突き出された。同時に幹次郎の右手が躍って刃渡り二尺七寸の剣が光に変じて飛び込んできた猪三郎の胴を深々と撫で斬っていた。

うおおっ！

と獣のような絶叫を発した猪三郎が前のめりに崩れ落ちた。

抜身を構えた幹次郎が懐から懐紙を出して血のりを拭った。すると汀女が両手に保持していた鞘を幹次郎に差し出し、江戸の研ぎ師が行平と推量した剣が幹次郎の手で静かに鞘に納められた。

三

この三月、浅草御蔵前界隈に緊迫した時間が流れていた。日中には表立った動きは感じられなかった。日が暮れて闇が覆う刻限になって札差百九株のお店《たな》の裏口からそおっと主や番頭が出かけて、仲間のお店を訪ねる類《たぐい》の動きが見られた。だが、そんな不安と緊張の時間は世話役十八人が集った日から数日後、
すうっ
と薄紙が剝がれるように消えて、いつもの御蔵前が戻ってきたようだった。

幹次郎はこのところ習わしになった朝風呂に行った。柘榴口を潜ったが政吉船頭の白髪頭の代わりに身代わりの左吉の顔が湯船に浮かんでいた。

「左吉さんがこの界隈の湯屋を使われるとは存じませんでした」

「いえね、ここんところ小伝馬町の牢屋敷にしゃがんでおりましてね、昨日の日没後に突然早く解き放ちになったんでございますよ。ひと晩あれこれと江戸じゅうを走り回り、ようやく目途が立ちましたでな、こうしてひとつ風呂浴びて牢の汗を流そうと考えたってわけですよ」

と笑って答えた。

「左吉さん、そなた、牢屋敷を旅籠《はたご》と勘違いしておられぬか。そなたほど器用に牢屋敷を出たり入ったりする方もおりますまい」

と姿を見せなかった左吉に幹次郎も笑いかけ、かかり湯を被って左吉の傍らに

体を沈めた。

「神守様はご存じありますまいが、牢ほど退屈せずに済むところはございませんでな、闇の話を知るには牢に入るのが一番手早《てばよ》うございますよ」

「ほう、そのようなところですか。ならば御用聞きの親分方も牢にしゃがむとよい」

「やっぱりご存じございませんな。十手持ちがどのように身分を隠し、風体を変えて牢に潜り込んできたとしても、その臭いを消すことはできませんや。たちまち身許がばれて、その夜のうちに水に濡らした紙を顔に当てられて一巻の終わりにございますよ。朝、牢の中に冷たくなった骸《むくろ》が転がっているってわけなんで」

「さすがに厳しい」

「へえ、伊達《だて》や酔狂《すいきょう》で身代わりなんてできるもんじゃございませんよ。もっとも世間様にそう威張れる仕事ではございませんがね」

と苦笑いした。

「こたびはなんぞ掘り出した話がございましたか」

「へえ、田沼意次様の亡霊、七曜様の一件にございますよ」

「なんと左吉どのは駒込勝林寺の一件で牢に入られましたか」

「最前申しましたように牢屋敷は上《うえ》つ方から下々《しもじも》までありとあらゆる情報の宝庫にございますよ。七曜様の行方にございますがな、十数日前には田沼派のひとりであった家治様の御側御用取次《おそばごようとりつぎ》横田準松《よこたのりとし》様のお屋敷に潜《ひそ》んでおられましたそうな。それが田沼様の失脚後に老中を辞職した松平康福《やすよし》様の下屋敷を経て、ただ今はやはり田沼派の元老中、駿河沼津《するがぬまづ》藩三万石の水野忠友《みずのただとも》様の中《なか》屋敷に潜んでおられます」

と左吉が言い切った。

「それはご苦労なことにございました。それにしても七曜様を旧田沼派の老中方が匿《かくま》っておられるか。なにが狙いにございましょうかな」

「いったん海に流れ込んだ水は古巣の川へと遡ることなんてできやしませんや、それが自然の理《ことわり》でございましょう。ところが人ってやつは、それもとくに大きな力を持っていた方々は理に反して川を遡ろうとなさる」

「どうやらそのようですね」

「水野忠友様の中屋敷は、表門を元吉原の北を流れる入堀に面し、へえ、隠れ潜むには好都合のお屋敷にございましてね」

「左吉さん、潜り込まれましたな」

「牢屋敷の情報には得てして偽物が混じっておりましてね、一応確かめることにしているんですよ。今度ばかりはひとりで潜り込んで相手に気づかれてもいけねえ、仲間と一緒に確かめて参りました。たしかに離れ家に身許の知れない爺様が潜んでおりましたよ」

「お手柄でございました」

「さて、おあとは神守様方の出番だ」

左吉が唆《けしか》けるように言った。

「どう動くか、四郎兵衛様にお考えを伺いますが、七月二十四日までには六、七日の間がございます。このところ香取屋一派も動きを潜めておられます。様子見でございますかな」

「もはや駒込勝林寺が大団円の舞台とはいきますまい。田沼意次様の孫の意明様が施主となり、ひっそりとした墓前供養が行われるそうにございますよ」

「その話も牢屋敷で拾われたものにございますかな」

「まあそんなところで」

と笑った左吉が、

「さっぱりしたところで馬喰町《ばくろちょう》の煮売り酒場に参りませぬかと神守様を誘いた

いところですが、わっしと違い、朝のうちからお役御免とはいきますまい。わっしひとりで竹松《たけまつ》と親方の面《つら》を肴《さかな》に朝酒を呑んで参りますよ」

と幹次郎に言い残した左吉は湯船を出ると柘榴口に姿を消した。

幹次郎は後頭部を湯船の縁に乗せてしばらく両目を瞑って湯の中で手足を伸ばしたあと、湯船を上がった。


いったん左兵衛長屋に戻った幹次郎は汀女と一緒に朝餉を食し、汀女を残して長屋を出た。この日、幹次郎は吉原に向かうために浅草田圃を抜ける道を選んだ。

すでに田圃の稲穂《いなほ》はたわわに実り、風が吹くと黄金色《こがねいろ》の波を生じていた。

札差の　蔵に縁《えん》なき　稲穂かな

「ただそのままじゃな」

と頭に浮かんだ五七五を自嘲《じちよう》した。

人が米を作り、人の腹を満たすことが本然《ほんねん》の姿、それが諸国から年貢《ねんぐ》が江戸の御米蔵に集められ、金融の対象にされて利を生み、悲劇を巻き起こす。なんとも複雑なことよと幹次郎は考えた。浅草田圃の米は江戸の人の腹を満たすためだけに耕作されるのだ。いささかのおこぼれを雀《すずめ》らが得るくらいで悲劇は起こるまい。

「そなたら、幸せな米じゃぞ」

と幹次郎が田圃の稲穂に話しかけるのを往来の女衆が訝《いぶか》しそうな顔で見た。

会所を訪ねると四郎兵衛だけが奥座敷で茶を喫していた。坪庭に落ちる日差しはなんとなく穏やかだ。

「近ごろは朝湯に入ってこられるようですな」

と四郎兵衛は幹次郎の顔を見て笑いかけた。

「朝湯にはあれこれと功徳《くどく》がございますでな」

「ほう、今朝もなんぞございましたかな」

はい、と答えた幹次郎は左吉がもたらした話を告げた。

「なんと七曜様は沼津藩の中屋敷に潜んでおられましたか。昔のお仲間の屋敷を転々と盥回《たらい》しにされておられるとなると、水野忠友様方もいささか持て余しておられるのではございませんかな」

四郎兵衛の感想だった。

「いかが致しますか」

松平定信は、七曜様が田沼意次本人であれ、偽者であれ、始末せよと厳命した。それが吉原会所の神守幹次郎に託《たく》された御用だった。

「松平の殿様の約定は守らねばなりませぬ。ですが、旧田沼派の老中方を追い詰めよとは申されなかった。まず水野様方に七曜様の一件でこれ以上とばっちりがかからぬように配慮せねばなりませぬ。しばし時を貸してくだされ、神守様」

と四郎兵衛が言い、幹次郎は頷いた。

「札差株仲間は落ち着きを取り戻されましたかな」

幹次郎が四郎兵衛に尋ねたのは浅草田圃の長閑な稲穂を見たせいか。

「過日の世話役の集いのあと、香取屋一派から雪崩《なだれ》を打ったように伊勢亀派に鞍替えする札差が出たそうで、もはや香取屋武七さんに忠義を尽くす札差は十人おるかどうかという話にございます」

「それはようございました」

上総屋源三郎と香取屋の番頭猪三郎の死によって札差株仲間の内紛は大勢が決したといえた。

「それもこれも神守様のお働きのおかげにございます」

「これがわれら夫婦の務めにございます」

と答えた幹次郎は、

「久しぶりに廓内を見廻って参ります」

「若い衆は鉄漿溝のどぶ浚《さら》えの監督に出ておりますよ」

「ならばあとで顔を出します」

と答えた幹次郎は奥座敷から会所の土間に戻った。

吉原を取り巻く鉄漿溝の清掃は、定期的に外の口入屋《くちいれや》が人足を入れて、その模様を小頭の長吉らが監督した。その御用に出ているために会所はいつになく静かだった。

着流しに大小を手挟んだ幹次郎が菅笠を手に戸口を出ると、

「長吉たちはどぶ浚えの監督、裏同心どのはのんびりとご出勤、世はこともなしかのう」

と面番所の隠密廻り同心村崎季光が声をかけてきた。

「村崎様、なによりのことではございませぬか」

「騒ぎがないと懐が潤《うるお》わぬわ」

村崎が江戸町奉行所の同心とも思えぬ言辞《げんじ》を吐いた。

「過日、郡上藩青山様の屋敷を訪ねられたではございませぬか」

「そなた、承知じゃったな。あの屋敷の用人どの、なかなかふてぶてしい応対でのう、足代にもならぬ銭しかくれなんだぞ」

と苦々しく言う村崎と別れて、仲之町から水道尻へと見廻りに幹次郎は向かった。

この日の夕刻、幹次郎が鉄漿溝のどぶ浚え作業の監督を務めた長吉らと会所に戻ると、番方の仙右衛門が幹次郎を見て、

「ちょうどようござった。神守様のお迎えに出ようと思っていたところですよ」

「なんぞ火急《かきゅう》の御用が出来《しゅったい》しましたか」

「三浦屋へ参りなされ、七代目も行っておられます」

と仙右衛門が笑った。

どうやら急ぎの用とも思えなかった。仙右衛門に頷き返した幹次郎は仲之町に戻ると大籬の三浦屋を訪ねた。すでに釣瓶落《つるべお》としの秋の日が落ちて、張見世に灯りが入り、着飾った遊女衆が華やかに居並んでいた。

「御免なされ」

と暖簾を分けると、

「神守様、座敷でお待ちにございますよ」

と見世番《みせばん》の佐蔵《すけぞう》が迎えた。

どうやら客がいる座敷に招かれるようだ。そこで幹次郎は腰の大小を外すと佐蔵が、

「遣手の部屋に預けておきなされ、帳場に置くよりようございましょう」

と幹次郎の御用に気を遣ってくれた。

幹次郎は大階段を上がると遣手のおかねに大小を預けた。おかねが男衆を呼び、幹次郎を案内させた。

薄墨太夫の座敷には、伊勢亀半右衛門と四郎兵衛がいて談笑していた。接待する遊女は薄墨だけだ。

「ようやく参られましたな」

半右衛門が幹次郎を迎え、薄墨自ら座布団を運んできた。

「太夫がそのようなことをしてはなりませぬ」

と幹次郎が慌てたが、

「内々の者ばかりの座敷です」

と薄墨が嫣然と笑いかけた。

「あとで賑やかに遊女衆に入ってもらうとしてな、その前に七代目と神守様に礼が申したく薄墨の座敷を借り受けました」

と半右衛門が本日の要件を告げた。

幹次郎は四郎兵衛を見たが、四郎兵衛の顔は半右衛門の用事の推測がついたような表情で黙っていた。

「神守様、おかげ様で札差株仲間の内紛は解決の目途が立ちました。いえね、本日、香取屋武七さんひとりでうちに参られて、蔵前を騒ぎに巻き込み、大変な迷惑をかけたと頭を下げられました。その上で香取屋一派などという集まりはすでに解散した。以後、筆頭行司たる伊勢亀半右衛門のもとで汗を掻く所存ゆえ、このたびのことはお許し願いたいと平身低頭《へいしんていとう》なされました」

「ほう、香取屋がそのような神妙《しんみょう》なことをな」

「過日の世話役の集いの一件が大きく応《こた》えたようでございましてな。吉原会所の力量を見誤り、間違いを起こしたとも言うておりました」

「伊勢亀の旦那、即座に信じてよいものにございましょうかな」

「いえ、香取屋に味方する者などほんの数人にございますよ。ましてやうちには松平定信様の後ろ盾がある、勝負は決しました」

と半右衛門が言い切った。

「それもこれも吉原会所のお力添えがあったればこそ、七代目、改めてこの礼はさせてもらいます」

「そのようなことは無用に願います。吉原と蔵前はもはや持ちつ持たれつの仲にございますでな」

「いえ、今度ばかりは吉原会所のな、なかんずく神守様夫婦の力にこの半右衛門感服致しました。ご夫婦への礼は薄墨と一緒に知恵を絞りますでな、楽しみにしてくだされ」

「伊勢亀半右衛門様、これがわれらの務めにございます。七代目も申されましたがご放念くだされ」

と願ったが上機嫌の半右衛門は首を振るばかり、

「薄墨、今宵の用は済んだ。待たせておる遊女衆と芸者衆を座敷に呼び入れなされ」

と命じた。

四つ半の刻限、ほろ酔いの伊勢亀半右衛門が大門前から迎えの駕籠に乗り、それを四郎兵衛、幹次郎らが見送った。

半右衛門は駕籠に揺られながら、このところの心労が一気に霧散《むさん》し晴れやかな気分だった。あとは札差株仲間百九株を引き締め直して、筆頭行司の役を辞するだけだ。そんなことを考えていると駕籠の簾から入ってくる風がさわさわと冷気を感じさせた。

「おや」

と思った半右衛門が簾を少しめくると辺りは真っ暗で、駕籠が浅草田圃の畦道《あぜみち》を行っていることが分かった。

「手代《てだい》さん、こりゃどうしたことで。いつもと道が違いますぞ」

と迎えの手代に尋ねた。すると駕籠が不意に停まり、提灯の灯りが突きつけられた。

「なにごとです、駕籠屋さん」

「伊勢亀の、だ、旦那。なにか様子がおかしいや。前を行く手代の常蔵《つねぞう》さんはいつの間にか変な奴とすり替わっているしよ、ああっ、抜身を提げた、さ、侍が」

と先棒が悲鳴を上げた。

半右衛門は駕籠から転がり出た。

駕籠の前後を覆面《ふくめん》をした侍が囲んで、

「伊勢亀半右衛門、寛政刷新組の最後の仕事、命を頂戴する」

と頭目《とうもく》と思《おぼ》しき侍が宣告した。

「香取屋武七一派などもはや存在しませぬのじゃ、香取屋は私のもとで一札差に戻ったのですぞ」

半右衛門が駕籠を背に足袋跣《たびはだし》で立ち上がりながら叫んだ。

「愚か者が、勝負は相手の頭領の命を奪ったときに決するものぞ」

「香取屋はこの伊勢亀を騙したと言われるか」

「知れたこと、もはや問答無用、覚悟致せ」

と駕籠の前後を囲んだ覆面の刺客らが白刃を翳して殺到しようとした。と、そのとき、
きええいっ
と怪鳥が発するような奇声が浅草田圃に響き渡り、駕籠の前を塞いだ刺客たちの頭上から人影が降ってきた。

神守幹次郎が木刀を翳して寛政刷新組と名乗っていた刺客の群れの真ん中に着地する直前、頭目の脳天を木刀が叩いて潰した。さらに着地した幹次郎の体が沈むと木刀が左右に振るわれて、刺客を一人またひとりと強打し、転がして一気にその場の形勢を変えた。

一方、駕籠の後ろから伊勢亀半右衛門と駕籠舁きふたりに襲いかかろうとした一団には、田圃の左右から鳶口を持った吉原会所の面々が襲いかかり、蹴散らした。

幹次郎の前に白刃を翳した、寛政刷新組の頭目の鵜野目《うのめ》兵衛《ひょうえ》が立った。

「許せぬ」

幹次郎は伊勢亀半右衛門とふたりの駕籠舁きを背に回すと、構えた木刀を捨てた。そして、立ち塞がった鵜野目に相対《あいたい》した。

畦道の中で半間（約〇・九メートル）で向き合った。

駕籠の棒端《ぼうはな》に吊るされた提灯の灯りがふたりの対決を浮かび上がらせた。

「参る」

幹次郎の声で八双に構えていた鵜野目が踏み込んできた。それに対して幹次郎は腰を沈ませ、右の手が豊後行平と江戸の研ぎ師が鑑定した刃渡り二尺七寸の大《おお》業物《わざもの》の柄を摑むと抜いた。すると一条の光と化した刃が鵜野目の胴を深々と撫で斬っていた。

うっ

という声を漏らした鵜野目が浅草田圃へと転がり落ちていった。

そのとき、半右衛門は、

「眼志《がんし》流《りゅう》横霞《よこがすみ》み」

という幹次郎の呟きを耳に留めた。

「逃げ出す者は放っておけ」

幹次郎の背後から仙右衛門の声が響いて、それが浅草田圃の戦いの終わりを告げた。

四

ひっそりと、札差香取屋武七は店を畳んだ。いや、その前に小さな騒ぎがあった。

香取屋に勤める奉公人らが朝起きてみると、奥座敷の主一家が姿を消していて、奉公人らが店じゅうを探して歩いたが、どこにもその姿はなかった。一年もしないうちに主の腹心たる大番頭は伊勢半以来の番頭の次蔵から武家上がりらしい猪三郎に代わった。その大番頭もお店に戻ることはなく、奉公人らはどうしていいか分からないまま、香取屋一派と目された赤地五郎平、鹿嶋屋金八らに相談したが、香取屋一家失踪《しっそう》の報に驚愕するばかりで、その行方を知る風はなかった。

香取屋の奉公人らは昼過ぎになって札差株仲間の筆頭行司伊勢亀半右衛門にこの旨を告げて、対応を願った。

半右衛門は香取屋一家の戻りを待った。その間、香取屋の顧客の対応は伊勢亀など数店が肩代わりして行った。香取屋の金蔵には錠《じょう》が下りていたからだ。

香取屋一家失踪から三日目、香取屋の金蔵の錠が壊されて蔵の扉が開かれ、証文やら金子が残されているかどうか香取屋の奉公人立ち会いのもとで調べられた。だが、証文も金子もすべて掻き消えていた。

この時点で香取屋武七は明らかな意図をもって御蔵前から姿を消したことが判明した。

かくて香取屋一派の首魁《しゅかい》が行方を絶って、最後まで香取屋に忠誠を尽くしていた赤地五郎平、鹿嶋屋金八ら数人の札差が伊勢亀半右衛門に詫びを入れてきた。

この一年余り顕在化《けんざいか》していた札差株仲間の内紛は伊勢亀派の勝利に終わり、御蔵前界隈に落ち着きが戻ってきた。

だが、安閑《あんかん》としてはいられなかった。

近々幕府が発布する棄捐令に対応するため伊勢亀の奥座敷で香取屋を除いた十七人の世話役が集まりあれこれと知恵を絞っていたが、瞬《また》く間に日にちが過ぎて、七月二十四日、田沼意次の一周忌が巡ってきた。

田沼意次が眠る駒込勝林寺で行われた一周忌の施主は、陸奥下村《しもむら》藩一万石藩主の意明であった。意明は意次の孫で、城中で刺された意知の嫡男であった。意明は、遠江相良《とおとうみさがら》藩の二代目藩主であったが、祖父意次の失脚後に相良から陸奥下村藩一万石に減じられて転封《てんぽう》を命じられていた。

そんな最中の一周忌だ。

駒込勝林寺住職ひとりによる墓前での読経《どきょう》が終わると、斎の席もなく親族らは早々に勝林寺をあとにした。

むろんこの様子を大目付、寺社奉行の密偵たちが見張っていたが、なにごともなく終わった一周忌に彼らも勝林寺内外への監視の眼を解いた。

その深夜、駒込勝林寺境内の七曜屋敷に灯りが点った。

その様子を泉水に突き出した対岸から神守幹次郎と仙右衛門が見ていた。

「やはり亡霊は夜中にお出ましでございましたね」

と仙右衛門が呟いたとき、
すうっ
と泉水に突き出た七曜屋敷の障子が左右に開かれた。かつて六十三人の札差が会集した大広間の真ん中にふたりの人物が対座していた。

七曜紋の老人と武家姿に戻った黒澤金之丞のふたりだ。障子を開いた小姓が膳を運んできて、ふたりの前に置くと下がった。

この夜、両人は頭巾を被ることもなく素顔を曝していたが、泉水越しの幹次郎と仙右衛門のふたりははっきりと顔を見極められなかった。

四郎兵衛が前日、元老中水野忠友の江戸家老《がろう》に面談し、田沼意次と思しき人物が水野家中屋敷に潜んでいるとの風聞《ふうぶん》があるが、ただ今の老中松平定信様のお耳に入ることになれば水野家にとってよろしくないが、と告げていた。

水野家としてもこれ以上匿い通すことはできなかった。

ふたりは無言劇のように白磁《はくじ》の杯で酒を酌み交わし、思い出話でもなしている風情を見せた。

そんな時が半刻、一刻と過ぎ、上野の山の時鐘が八つ（午前二時）を告げた。

ふたりの白い杯が膳に戻された。

どうやら立ち去る風情だ。

仙右衛門が幹次郎を見た。

「いましばらく様子を見ようか」

「泉水を渡りますかえ」

「いや、田沼意次様の墓の前で待ちませぬか」

「あやつら、どこぞに姿を晦ましませんかい」

「もはや、この世のどこにも戻る場などございますまい、亡霊が似つかわしいのは墓場ではございませんか、番方」

「墓に戻すのがいちばんと申されますか」

「まあ、そんなところ」

幹次郎と仙右衛門はとくと承知の田沼意次の墓に先行して、他家の墓石の背後に身を潜めた。

だが、四半刻、半刻と待ったがふたりが姿を見せる気配はなかった。

幹次郎が、

（誤ったか）

と考え始めたとき、そろりそろりと地べたを引きずるような草履の音がした。

ふたつの影が寄り添うように田沼意次の墓へと歩み寄ってきた。弦月《げんげつ》が青くおぼろな光を墓地に投げていた。

線香のくゆる匂いがあたりに漂い、ふたつの影が墓の前に向き合い、止まった。

黒澤金之丞が手にした線香を手向け、合掌すると、

「こたびの布石ならず、しばし時節をお貸しくだされ」

と願った。

七曜紋の老人の呟きが漏れた。

「金之丞、時が失《う》せていきよるわ」

「しばしの辛抱にございます」

と黒澤金之丞が応じたとき、幹次郎が墓石の背後から立ち上がり、ふたりの横に姿を見せた。仙右衛門が従った。

「何奴《なにやつ》か」

「吉原会所神守幹次郎」

「おぬしか、こたびいささか吉原会所の力を見誤ったわ。この借り、返さねばなるまいな」

「札差香取屋武七どのより黒澤金之丞どののほうがお似合いにございます」

ふっふっふ

と黒澤金之丞の口から笑いが漏れた。

「それがしの出、承知じゃな」

「田沼意次様の後妻様の兄君にございましたな」

「夢半ばで望みを絶たれた者の恨みがどれほど深いか、女郎屋の用心棒風情に分かるか」

「そろそろ夜が明けて参ります。亡霊どのはあの世に戻る刻限にございますぞ」

と幹次郎が宣告するとするすると間合を詰めた。

「許さぬ」

黒澤金之丞が羽織を脱ぎ捨てると剣を抜いた。

仙右衛門が七曜紋の老人の背後に密かに回り込んだ。

幹次郎と黒澤金之丞はわずか半間で対決した。

「天心流《てんしんりゅう》を見よ」

と叫んだ黒澤が上段に剣を振りかぶった。

幹次郎は天心流は柳生新陰流《やぎゅうしんかげりゅう》の係累《けいるい》であったなと考えながら、腰をわずかに沈めた。

「眼志流横霞み」

幹次郎は呟きとともに踏み込んだ。わずか半間の間合だ、一気に生死の境を踏み越え、黒澤金之丞の上段からの切落としが雪崩落《なだれお》ちてきた。

幹次郎は必殺の切落としを感じながらも豊後行平と推測される大業物を一気に引き抜くと、黒澤の胴へと引き回した。

黒澤の切落としが紙一枚で幹次郎の脳天に迫ったとき、行平が黒澤の胴を撫で斬ると横手に黒澤の体が吹き飛び、墓石に叩きつけられた。

「金之丞」

と叫びながら、七曜紋の老人が腰の小さ刀《ちいさがたな》を抜いて幹次郎に迫ってきた。

「御免」

と幹次郎の口から言葉が発せられ、黒澤の胴を薙《な》いだ行平が、
くるり
と回って迫りくる老人の首筋を、

さあっ
と断《た》った。すると首筋から血飛沫《ちしぶき》がわずかに散って、よろよろとよろめいた七曜紋の老人が田沼意次の墓石に抱きつくように崩れ落ちていった。
ふうっ
と墓地の一角から息が思わず漏れた。
幹次郎は江戸の研ぎ師に行平と鑑定された一剣を虚空に振って血振りをすると鞘に納めた。
「神守様、後始末はわっしらにおまかせを」
長吉の声がして、幹次郎は無言で頷くと勝林寺の墓地をあとにした。番方の仙右衛門はその場に残るつもりか幹次郎には従わなかった。

幹次郎が浅草田町の左兵衛長屋に戻ってきたのは、夜明け前、闇がさらに深さを増す一瞬の頃合いだった。

木戸口を潜る幹次郎の足が止まった。

どこも長屋は眠りの中にあったが、幹次郎と汀女が住む長屋だけ薄く灯りが腰高障子を浮かび上がらせていた。

（姉様は起きて待っておるか）

と幹次郎は考えながら、ふと異様な緊張に気づいた。

（香取屋の残党が長屋を襲うたか）

長屋に押し込んだ一味が汀女を人質に幹次郎の帰りを待っていた。

（どうしたものか）

しばし考えた幹次郎は草履を脱ぎ捨てると裸足になって長屋の戸口に近づいた。

押し入った人数はひとりではない、ふたりか三人か、そんな気配が表まで伝わってきた。

夜明け前の漆黒《しっこく》の闇が薄れた。

そのとき、声がした。

「兄貴、女を担ぎ出すぜ。裏同心め、帰ってこねえよ」

町人の言葉遣いだった。

幹次郎は香取屋の残党とは違うようだと思った。

「兄貴、これ以上明るくなっちゃあ、危ないぜ。この長屋は会所のもんだ、気づかれたら騒がれるぜ」

兄貴は答えない。

幹次郎はなんとなく相手方の正体を察していた。

「女に猿轡《さるぐつわ》を嚙ませねえ」

と兄貴の声がして、汀女が、

「そのようなものは不要です、神守汀女は武家の女にございます」

と落ち着いた声がした。

幹次郎は隣長屋の軒下の暗がりにひっそりと立っていた。

腰高障子が引かれて、着流しの男がふたり汀女の両腕を摑んで出てきた。そして、最後に白川殺しで初香を疑った際に恨みを買った女衒の柳吉が懐手で姿を見せた。

一行がひっそりと軒下に立つ幹次郎の前を通り過ぎようとしたとき、汀女が小さな驚きの声を漏らした。

「なんだ」

と柳吉が軒下の幹次郎を見た。

「許せぬ」

幹次郎が呟いた。

「女を突き殺せ、吉之助《きちのすけ》」

と柳吉が仲間に叫ぶと懐の手を抜いた。匕首が朝の到来を示す微光《びこう》に鈍く光り、幹次郎の腰が沈むと同時に踏み込みざま、この夜、二度目の抜き打ちが鞘走った。

匕首の切っ先が幹次郎の鬢《びん》をかすめ、行平が柳吉の胴を薙いで、どぶ板の上に転ばしていた。

ああっ
と柳吉の仲間が悲鳴を上げて、手にした匕首を振り回そうとした。

「刃物を捨てよ、さすれば命だけは助けてとらす」

幹次郎の宣告に柳吉の仲間が顔を見合わせた。

「幹どのの申されることを聞きなされ。そなたらが助かるただひとつの道にございますよ」

と汀女が静かに言葉を添えた。

騒ぎに気がついた長屋から住人が飛び出してきた。

髪結のおりゅうは心張棒を手に姿を見せて、

「汀女先生」

とふたりの男に挟まれた汀女に呼びかけた。

「おりゅうさん、朝早くから騒がせますな」

と平生《へいせい》と変わらぬ汀女の声が詫びた。

「おまえら、だれだい。汀女先生にかすり傷でもつけてみやがれ。この髪結のおりゅうが容赦《ようしゃ》をしないよ」

と心張棒を構えたおりゅうが柳吉の仲間のひとりの面を見て、

「おまえ、山谷の使い走りの吉之助だな。ここをどこだと思って押し入りやがった。吉原会所と関わりの長屋だ、血迷いやがったか」

と啖呵《たんか》を飛ばすと、吉之助が、

「おりゅうさん、おれたち、女衒の柳吉に稼ぎ仕事があるって誘われたんだよ。こんな話だなんて知らなかったんだ、許してくんな」

とわめくように言うと匕首を投げ捨てた。すると残る仲間も手にしていた刃物を放った。

「女衒の柳吉に頼まれたって、野郎はどこにいるんだよ」

とおりゅうが問い返し、

「おりゅうさん、あ、足元だ」

と吉之助が汀女の傍らから身を離した。

そのとき、どこの長屋からか、点された行灯の灯りがどぶ板の上に差し込んで、幹次郎に胴を撫で斬られた柳吉が白目を剝いて倒れているのが見えた。

「ひえええっ！」

と髪結のおりゅうが心張棒を投げ出して、腰を抜かしかけた。

「これ、しっかりしなされ、おりゅうさん」

と囚《とら》われ人だった汀女が倒れかかるおりゅうの傍らに寄った。長屋の男衆が吉之助と仲間をその場に引き倒して騒ぎは終わった。

「姉様、災難であったな」

「なんのことがありましょう。幹どのの帰りを待っていたら、この三人がいきなり押し込んできただけのことです。秋の夜長を退屈せずに済みました」

「怪我もないか」

「肌身ひとつにも触れさせておりませぬ。ご安心なされ、幹どの」

と汀女が答えると、

「おっ魂消《たまげ》たね、女衒の柳吉なんて牢屋敷に何遍《なんべん》しゃがんだか知れない悪党ですよ。そいつに押し入られて、平然としたものだ。さすがに汀女先生、胆が据《す》わっていなさるよ」

と大家の左兵衛が感嘆の声を上げて、騒ぎが収まった。

四半刻後、幹次郎が朝風呂に入っていると番方の仙右衛門が柘榴口から入ってきて、

「長屋でひと騒ぎ、待ち受けていたそうですね」

と言った。

「姉様になにごともなかった上に長屋の方々にも被害が及ばなかった」

「七代目が本日山谷町の女衒近江屋三八を会所に呼んで、きついお灸を据えるそうでございますよ。その場に面番所の村崎様も呼ぶそうで、近江屋、返答次第では潰れかねませんや」

と報告した。

幹次郎は仙右衛門に湯船の中から頷くと、

「なんとか事が収まったのであろうか」

「一応の決着にございますかね」

と応じた仙右衛門が湯船に入ってきて、両手で湯を掬うとごしごしと顔を洗った。

二〇一一年三月　光文社文庫刊

光文社文庫

長編時代小説
決《けつ》　着《ちやく》　吉原《よしわら》裏《うら》同心《どうしん》(14)　決定版
著者　佐《さ》伯《えき》泰《やす》英《ひで》

2022年10月20日　初版1刷発行

発行者　鈴木広和
印刷　萩原印刷
製本　ナショナル製本

発行所　株式会社　光文社
〒112-8011　東京都文京区音羽1-16-6
電話　(03)5395-8149　編集部
8116　書籍販売部
8125　業務部

ISBN978-4-334-79411-8　Printed in Japan

組版　萩原印刷